永遠より長いキス

和泉 桂

white heart

講談社X文庫

目次

イラストレーション／あじみね朔生《さくふ》

永遠より長いキス

1

「何考えているの、千冬《ちふゆ》」

考え事をしていた隙《すき》に、そんな言葉とともにびっくりするほど綺麗《きれい》な恋人の顔が至近に迫り、佐々木《ささき》千冬はなす術《すべ》もなく赤面してしまう。

恋人の——吉野貴弘《よしのたかひろ》の容貌《ようぼう》は、どこかで西洋の血が混じっているんじゃないかと思える彫りの深さで、懐《なつ》かしげな色を帯びたセピア色の髪と瞳《ひとみ》で彩《いろど》られている。

「……なんでもない」

自分が面食いで、この恋人の顔をどうしようもなく大事にしていると思うのはこんな瞬間だろう。そうでなければ、一緒《いっしょ》に暮らしている恋人の顔に、毎日見惚《みと》れたりなんてしないはずだ。

恋愛音痴《れんあいおんち》の佐々木にだって、それくらいのことはわかる。

「そう？　じゃ、俺の話聞いていた？」

悪戯《いたずら》っぽく問いかけた吉野は、上体を屈《かが》めたまま佐々木の肩に両手を置き、佐々木自身の顔を改めて覗《のぞ》き込《こ》んできた。こうして自分が三和土《たたき》に立っていると、そうでなくとも背の高い恋人との身長差は十センチ以上になってしまい、完全に見下ろされる体勢になる。

「えっと……」

すっかり困ってしまった佐々木は、自分の腕時計に視線を落とす。時刻は午前八時過ぎ。余裕を見てはいるが、そろそろ出勤しなくてはいけない時刻だ。

「ほら、聞いてないじゃない」

吉野はおかしそうに声をたててひとしきり笑ったあと、佐々木の耳許《みみもと》に唇《くちびる》を寄せて囁《ささや》く。

「今日は俺、初美《はつみ》のこと映画に連れていくから、昼間は出かけるんだ。夜は戻ってるつもりだから、何かあったら電話してくれる？」

「べつに、何もないと思う」

吉野が姪《めい》の立川《たちかわ》初美を連れて映画に行くというのは、前々から聞いていることだ。小学生の姪は大人びており、吉野の嫁《よめ》になりたいなどと平然と言う生意気《なまいき》な子供だ。そんな彼女との外出に異論がないのは、吉野の父である弘《ひろし》の容態が悪化しており、姉たちが看病に駆《か》り出《だ》されているのだと聞いてしまったせいだ。

「そう？　それならいいけど」

ぶっきらぼうに言い切った佐々木にも怯《ひる》むことなく吉野は微笑を見せ、「じゃあ、行ってらっしゃい」という言葉とともに額《ひたい》にくちづけてきた。

「っ」

やわらかなものが額に当たり、不意打ちの驚きに身を硬くすると、吉野は困ったように首を傾《かし》げる。そんなちょっとした仕草でさえも、吉野がするとひどく優雅《ゆうが》で魅力的《みりょくてき》なものに映るから不思議《ふしぎ》だった。

「ダメだよ、千冬。こんなことくらいで驚かないでよ。傷つくじゃないか」

「――悪い」

キスなんて何度も交わしているのに、突然振りまかれる甘い仕草に、どうしても慣れることができなくて。

吉野の体温を直近《ちょっきん》で感じてしまうと、ただ胸がドキドキとしてしまう。

「どうしたの？　妙に素直《すなお》だよ」

「文句あるのか？」

「ないけど。素直な千冬も可愛《かわい》くていいね」

歯が浮きそうな台詞《せりふ》を投げかけられたものの、ここでその台詞に胸をときめかせるわけにもいかず、佐々木はわずかに肩を竦《すく》めるにとどめた。

「じゃあ、行ってらっしゃい」

「ああ」

こうして二人で暮らしている部屋から背を向けて歩けば、彼の手で紡《つむ》がれた居心地のいい繭《まゆ》に二度と戻れなくなるのではないかという、一抹《いちまつ》の不安に襲われそうになる。それを打ち消し、佐々木はエレベーターから早足で降りた。

吉野に近づけば近づくほど、共にいる時間が増えれば増えるほど、離れがたさは増す。相手に飽きるなんてことは、自分に限っては絶対にないだろうと思える。

もちろん、出勤するたびに不安に駆《か》られるなんて、冗談《じょうだん》じゃない。けれども、穏やかな日々が永遠に続くわけではないことを、佐々木は嫌《いや》というほど知ってしまった。

だからこの幸福な日々を続けたいと思う。自分の手で守りたいと思っている。

吉野を好きだから、好きでたまらないから、彼を大事にしたくて、優しくしたくて。

マンションのエントランスを抜けると、午前中だというのに夏の強い陽射《ひざ》しが佐々木に照りつける。降り注ぐ陽射しに一瞬《いっしゅん》立ち止まり、佐々木は鋭い一重《ひとえ》の目を細めた。

六月。

吉野と出会ってから、もうすぐ三度目の夏だ。

「また蒸《む》すかな……」

表参道《おもてさんどう》駅の自動改札を抜け、佐々木はタイミングよくやって来た地下鉄に飛び乗った。途端に動きだした車両の中でよろけ、慌《あわ》てて目の前にあった吊《つ》り革《かわ》を掴《つか》む。

「そういえば、昨日、十時からのアレ見た？」

「ああ、見た見た。すっごくよかったよね。はじめはあの主人公にすごくムカついてたんだけど」

前の座席に腰掛けた女性たちのかしましい話し声は、朝の電車の中ではやけに耳障《みみざわ》りに聞こえてしまう。佐々木はそんな声をぼんやりと聞き流しながら、今日の予定を反芻《はんすう》した。常連の甲野《こうの》の予約がディナータイムに入っている。彼はことのほか佐々木の魚料理を気に入ってくれており、腕のふるい甲斐《がい》のある客だった。

それから、ウエディング・パーティーの相談が一件。こちらはカップルがランチタイムの営業のあとに会場の下見にやってくる。

佐々木の勤務するフレンチレストラン『エリタージュ』では、ウエディング・パーティーには消極的な原則を提示しているが、かといってすべてを門前払いするわけではない。話をして双方納得のいく意見が出れば、ウエディングでも受けることがある。

ウエディング、か。

その言葉に佐々木は頰《ほお》を赤らめ、そしてわずかばかりの記憶の切片《せっぺん》に照れてしまった自分を恥《は》じらうように、唇《くちびる》をきゅっと引き結んだ。

だが、照れずにいられるわけがない。

自分が吉野にプロポーズされたのは、ほんの二日ほど前のことなのだ。

男同士で結婚も何もあるものかとよく考えれば一蹴《いっしゅう》できようが、彼の本気の前にはそんなことは思いつきもしなかった。それどころか、真剣に自分を愛してくれているのなら、一生あの人のそばにいたいと、彼だけしか必要としたくないと、佐々木も心底思った。誤魔化《ごまか》しや偽《いつわ》り、吉野の情熱に流されているわけではなく、それが佐々木の真摯《しんし》な気持ちだ。

もちろん、男同士で結婚なんてできるとは思っていない。だけど、吉野のその決意が嬉《うれ》しかった。あの男を愛し、そしてまた愛されていることを強く感じることができた。

吉野のことを思い出すと切なさに胸がきゅっと苦しくなり、佐々木は考えるのをやめて車内吊《しゃないづ》りの広告を見やる。すると、聞くともなしに、先ほどの女性二人の会話が耳に飛び込んできた。

「えっと、真美子《まみこ》だっけ？　あの主人公もいちおう成長してるわけじゃん？　そうじゃなかったら許せないよね、ああいうタイプ」

「わかるわかる」

佐々木には興味がほとんどないことだったが、そのドラマの主人公である真美子というのは女性からはあまり好感を持てないタイプらしい。

成長すれば許される……か。

どこの世界でも、人間が求められる資質は似たようなものらしい。自分が成長しないことを棚に上げて怠《なま》けている者は、許しがたいということなのだろう。

吉野とのことは上手《うま》くいったし、自分はそれなりに彼の主張を認められるようになったと思う。しかし、人生は恋愛だけで完結しているわけじゃない。ほかにも決めなくてはいけないことがたくさんある。ゲームのように、一つの課題をクリアしたからといって、早々に次のステージに行けるわけがないのだ。

成長、成長、成長と。

そればかりを雇い主である仁科宏彦《にしなひろひこ》にうるさく言われていることを不意に思い出し、佐々木はむっとして表情を曇らせた。

するとそうでなくとも険のある自分の顔つきがかなり凶悪なものになってしまったらしく、前の座席で話をしていた二人組は佐々木を見てぎょっと顔を強《こわ》ばらせた。

普段はそれでも、やわらかい顔つきになってきたと言われるのだが。

そうでなくとも怖《こわ》く見える一重《ひとえ》のつり目がちのまなざしが、他人に悪印象を与えやすいのかもしれない。

こんな自分を、吉野はよくも見つけだしてくれたものだと思う。

愛《いと》しい人。大切な人。絶対に失いたくない人。

そんな吉野のことを思うたびにこの心は痛み、ただただ震えてしまう。

まるで定められた運命のように、自分は彼に出会ってしまった。

試行錯誤《しこうさくご》を重ねて彼に接し、別離も苦痛も、そして幸福も味わってきた。

一度は恋人ではなく料理を選んでしまったけれど、吉野はそんな自分に、恋愛は二番目でいいと言ってくれた。仕事が一番で、恋人は二番目でいいと。

その代わり、佐々木の分も吉野が恋をしてくれるから、と。

結果的に吉野と暮らすことを選んだのだから、両方を望んだことになるのだろう。

不器用な自分に、二つのものを一度に手に入れられるかどうかはわからない。

それでも両方を、どちらも手放せないと知ってしまった。

だからこそ、一緒《いっしょ》にいたいとひたすらに願うだけの段階も、ただ相手を思うだけの段階も過ぎ去ってしまった。願うだけではなく、今の自分はその『方策』を考えねばならないのだ。

仮に傍《かたわ》らに吉野がいたとしても、『レピシエ』を再開させなければ佐々木に安穏《あんのん》な幸福など訪れるはずがない。どちらも手に入れたいと願うのは、欲張りなだけなのか。

佐々木が出ていった部屋に一人残された吉野は、出かける前に中断していた洗濯の続きをすませようと、ラバトリーへ向かう。柄物《がらもの》、色物と分けた洗濯物を全自動洗濯機に放《ほう》り込《こ》んだあと、ついでに洗面台を磨《みが》き上《あ》げようと思い立ち、棚の奥にしまってあった洗剤を取り出した。

料理が苦手な吉野に代わって佐々木は食事当番となり、吉野はこうして掃除や洗濯などのいっさいを引き受けている。

この手に佐々木を取り戻して共に暮らすという生活は手に入れたが、その幸福と引き替えのように、吉野の父は今、死に瀕《ひん》している。

昏睡《こんすい》状態に陥った父を看《み》てくれているのは母と二人の姉で、吉野にできることはたかが知れている。初美を連れ出して外出することで、母親が不在となってしまった姪《めい》っ子《こ》の心を少しでも慰められるのなら、それに越したことはない。

初美はよくできた子だとは思うが、それでもまだ十一歳なのだ。頭では祖父のためだとわかっていても、心が納得しないだろう。それに、このあとは初美にとっては生まれて初めての、他人との永劫《えいごう》の訣別《けつべつ》という悲痛な儀式《ぎしき》が待ち受けているはずだ。

そこで傷つくだけ傷ついてしまうだろうから、その前に少しでもぬくもりを、優しさをあげたかった。

他人との別離は、心に突き刺さる鈍い棘《とげ》だ。ことに、それが肉親や恋人との永劫の別れであれば大きな意味を持つ。

「…………」

ふうっとため息をつき、吉野は首を振ってスポンジを握り締めた。

あとどれほどの時間、自分は佐々木と一緒《いっしょ》にいられるのだろう……？

父の死が間近に迫れば迫るほど、不謹慎《ふきんしん》にも、吉野はそんなことを考えずにはいられなくなる。もともと温和で気が優しいと言われているだけに、吉野は他人との争議や別離は苦手だった。何よりも、これほど愛している人と別れるのだけは、絶対に嫌《いや》だ。そんなことだけは、あってはならないと思っている。

恋人をこの腕に取り戻して幸せの絶頂にいるはずなのに、すでに彼を失うことを恐れている。馬鹿《ばか》みたいに厭世的《えんせいてき》な考え方だが、プロポーズしただけでは安心できない自分が、ここにいる。

恋人という関係はまるで壊れもののように脆《もろ》い。だが、夫婦になるというのはもっと確固とした結びつきというイメージがある。知らない人間と出会い、家族という絆《きずな》を作り出すのは社会的な儀式《ぎしき》だ。だからこそ、佐々木にプロポーズしたのだ。

勢いで結婚しようなんて口走ってしまったものの、今のままではただの口約束にすぎない。拙《つたな》い言葉遊びのようなかりそめの約束では、いつかまた二人の関係は壊れてしまうかもしれない。佐々木がいない生活なんて、彼と愛し合えない未来なんて、今の吉野には想像もできなかった。

これが男女の恋人同士だったら、結婚するとか籍を入れるとか、けじめをつける方策はいくらだってある。

「やっぱり結婚する……かな」

冗談《じょうだん》みたいにそう呟《つぶや》いた吉野は、その思いつきにはっとした。

我ながら妙案だった。

言葉だけの約束じゃなくて、本当に結婚すればいいのかもしれない。

もっと強く、誰もが認める方法で。

確かに日本では同性同士の結婚は認められていないが、海外であれば同性の結婚を認めているところもある。

それに、結婚が婚姻届《こんいんとどけ》を出すことと常にイコールというわけではない。それこそ結婚式を挙《あ》げるだけなら、日本でだってできるだろう。

法的な正当性に縛《しば》られる必要なんてないのだ。

たとえば、佐々木が店で何度か手がけたというウエディング・パーティーだっていい。婚姻が家族という社会的な単位の成立を宣言することなのであれば、皆の前で永遠の愛を誓うことで婚姻届の代替ができるはずだ。

永遠が欲しい。絶対になくならないものがこの世にあると、実感したい。

いつも迷い、苦しんでばかりの佐々木を安心させたかった。

自分はどこにも行ったりしない。一生、そばにいる。二度と離れない、と。

そしてたぶん、自分も確固たる形が欲しいのだ。もう二度と別れずにすむ約束が欲しい。

女々しく愚かな男だ、と己を笑いたくなる。嘲《あざけ》られたとしてもそれを当然のものだと受け止めることしかできぬほど、自分は佐々木に恋い焦《こ》がれているのだ。

「……急がなきゃ」

佐々木は小さく呟《つぶや》き、自分の額《ひたい》に滲《にじ》んだ汗《あせ》を手の甲で拭《ぬぐ》う。夕方から雨が降ったせいなのか、今夜はことさらにじめじめと湿気が肌《はだ》にまとわりつくような気がした。

おまけに、家路を急いでいるうちに、音をたてて水たまりに突っ込んでしまう。泥《どろ》が跳ね上がり、ジーンズの裾《すそ》にいくつか染《し》みを作った。

急ごう、急ごうと思ってしまうのは、吉野が一人で待っていると考えてしまうからだ。

彼は昨夜《ゆうべ》から、ずいぶんと元気がなかった。それが父親を見舞いに行ったせいだということくらい、人情の機微《きび》に鈍感な佐々木にだって、わかる。今日は初美を連れて映画に行くと言っていたが、それでかえって気疲れしてしまう可能性だってある。

店で余った焼き菓子を少しもらってきたし、美味《おい》しい紅茶でも淹《い》れてあげよう。ゆっくり気持ちを休めれば、吉野だって少しはくつろげるかもしれない。

少しでいいから、ほんのひと欠片《かけら》ずつでいいから、相手を理解したい。

会いたいと願うのは、そばにいたいと望むのは、自分のためなのか。それとも、彼のためなのか。その区別すらつかないことが、今の佐々木にはひどくもどかしい。

そういえば牛乳が切れかけていたから、コンビニエンスストアで買っていこう。

そんなことを考えながらコンビニに足を踏み入れた佐々木は、雑誌売り場に見慣れた人物がいることに気づいて目を瞠《みは》った。

「吉野……さん」

「あれ、千冬。今帰り？」

「そうだけど。あんたは？」

「俺は、暇つぶしに。ちょうどいいから、一緒《いっしょ》に帰ろう」

「ん」

こくりと頷《うなず》いた佐々木は、吉野が小脇《こわき》に抱えた分厚い雑誌が何かわからずに内心でしきりに首を捻《ひね》る羽目《はめ》になった。吉野が普段手にするのは綺麗《きれい》な写真が載《の》った大判の雑誌やビジネス誌ばかりで、あんな分厚い住宅情報みたいな本は読まないはずだ。性質上は抜けているところも人間的なところも見受けられるが、吉野は佐々木にとっては少なくとも外見と表向きは、完璧《かんぺき》に近い美点を備えた個体だった。

「今日は暑いね。仕事、どうだった？」

「……特に、何も」

佐々木がそう言うと、吉野は「つれないなあ」とくすくすと笑った。棚に商品の補充をしている男性店員が、ちらりと吉野に視線を向け、そして惚《ほう》けたようにしばらくその顔を見つめているのがわかる。吉野の存在を知らなかった新入りのバイトだろうか。もっとも、それくらいに彼は綺麗《きれい》なのだ。見惚《みと》れたことを咎《とが》める法律などない。

「千冬は何を買うの？」

「牛乳」

「そういえば、切れてたっけ。ごめん、気がつかなくて」

「あんたが悪いわけじゃない」

佐々木がぶっきらぼうに言い切ったので、吉野は一瞬《いっしゅん》言葉をなくした。それを見て、佐々木は慌《あわ》てて続きになるような台詞《せりふ》を探した。

「その……あんたはいつも、いろいろやってくれるし。それに食べ物は、俺の役目だ」

洗濯や掃除といった、佐々木が苦手な部分を引き受けているのはほかでもない吉野だ。彼が役に立たないなんて思ったことはない。

「うん、そうだね。それぞれ牛乳を買ってきちゃっても困るか」

「ああ」

自分は口べただけど、少しずつ、他人に気持ちを伝えることができるようになってきた気がする。

必要なのはボキャブラリーだけじゃなくて、他人とわかり合おうとする意思だ。

幼馴染《おさなじ》みで誰よりも人懐《ひとなつ》こい如月睦《きさらぎむつみ》でさえも教えてくれなかった、そんなシンプルな法則を学ぶことができたのは、吉野に出会えたせいだ。彼がいなければ、今の自分はない。

そんな恋人の完璧《かんぺき》な容姿にうっとりと見惚《みと》れつつカウンターに行った佐々木は、彼が差し出した牛乳と雑誌の組み合わせを見てぎょっとした。というのも、吉野が置いたのは結婚情報誌だったからだ。

「——んだよ、それ」

「あれ？　千冬、知ってるの？　結婚情報誌だけど」

「店にあるんだよ」

最近流行のレストラン・ウエディングの件数自体はさほど多くはないが、顧客の細々《こまごま》とした二ーズに対応するにはノウハウが必要となってくる。それに、エリタージュに取材に訪れる雑誌記者の数も多く、必然的にロッカールームや事務室にはそれらの雑誌が溢《あふ》れる羽目《はめ》になった。

「そんなの買って、誰か結婚すんのか」

吉野はにこっと笑って佐々木の瞳《ひとみ》を覗《のぞ》き込《こ》んでくる。不思議《ふしぎ》に思って質問を変えようかと考え直したとき、彼がまた口を開いた。

「俺と千冬の結婚式だよ」

「は……？」

「君と結婚式を挙《あ》げたいんだ。だから、資料を探そうと思って」

その言葉に、釣《つ》り銭《せん》を吉野に渡そうとした男性店員は完全に凍りついていた。

それはそうだろう。

同性同士のカップルは見かけることもあるかもしれないが、真剣に結婚のことを考えているカップルなんて、滅多《めった》に遭遇できるわけではない。

「こちら、商品をどうぞ」

「ありがとう」

吉野はなおも動揺《どうよう》を隠すことができずにすっかり硬くなっているレジの青年に向かって微笑《ほほえ》み、佐々木に「行こう」と耳打ちした。

当たり前だ。

こんな恥《は》ずかしい場面からは、さっさと立ち去るに限る。佐々木は大股《おおまた》でずんずんと足を踏み出したが、おかげで店の出入り口にできていた水たまりに突っ込んでしまう。

「わっ」

声をあげた佐々木の手を吉野は引こうとしたようだが、間一髪《かんいっぱつ》、間に合わなかった。

「大丈夫？　そんなに動揺しちゃった？　結婚式のこと」

「わかってんなら、そういう冗談《じょうだん》はやめろよ」

「俺、本気だよ」

……呆れた。

佐々木はその言葉を口にせずに呑《の》み込《こ》んでしまったが、さすがに吉野にその空気は通じてしまったらしい。

「ごめん、呆れられるのはわかっていたんだけど」

「男同士で結婚式なんて、無理に決まってんだろ」

「結婚って形での入籍は無理かもしれないけど、お披露目《ひろめ》パーティーくらいはできるよ」

「誰にお披露目なんてするんだよ」

怒りよりも先に、不可解だという感情が押し寄せてくる。

吉野が何を考えているのか、理解できない。まるで宇宙人と会話しているみたいだ。

「もっと準備して、調べてから教えるつもりだったんだ。俺……千冬と結婚したい」

「それは、もう聞いた」

「言葉だけのことじゃなくて。プロポーズしたけどそれだけじゃ口約束でしょう？　だから、それを本物にしたいんだ」

とうとう、マンションの前に着いた。

佐々木は暗証番号を押してエントランスをくぐり抜けると、拳《こぶし》でエレベーターのボタンを殴《なぐ》りつけるようにして押した。すぐに待機していたエレベーターのドアが開く。

「ちゃんとそのことで話し合いたいんだ。ダメかな」

「言いたいことがあるなら聞く。けど、賛成するかしないかは別だ」

それくらいの余地は、佐々木にだってある。

「……よかった」

ほっと緊張が緩《ゆる》んだような声音で吉野は呟《つぶや》くと、「4」を押してから、佐々木に向かって微笑《ほほえ》んだ。

「さすがにこれは二人の問題だから、千冬が聞いてくれなきゃ、話にならないでしょう。話も聞きたくないって言われたら、どうしようかと思った」

「俺はそんなに……ダメな人間なのか」

「ダメとかそういうんじゃなくて、千冬、頑固《がんこ》だから」

「でも、聞くのはタダだろ」

相手の話を聞いて、そのうえで自分がどう動くか、判断するのは佐々木自身だ。

そうした方策を自分はかつて学んできた。互いに思い込みだけで動けば不幸になる。だからこそ、佐々木は吉野の意見を聞くことにこだわっていた。

「ありがとう、千冬」

吉野は微笑みを浮かべ、佐々木を抱き寄せる。

「…ちょっ……」

唇《くちびる》のあいだで佐々木の抗議の声はかき消え、そのまま吐息さえも吸い取られそうなほどの甘いキスの応酬《おうしゅう》が続く。

「ん、ん……っ」

濡《ぬ》れて湿った音をたてて自分の口腔《こうこう》を確かめてくる吉野にしがみつき、佐々木はいつしかここがどこかも忘れて積極的にそのキスに応《こた》えていた。

吉野に触れられると、そこからまるでクリームのように溶けてしまう気がする。

彼の手も指も唇も舌《した》も、何もかもが佐々木を知り尽くしている。弱いところをくすぐられて首筋を軽く吸われれば、抵抗する気力なんて消《き》え失《う》せてしまうだろう。

とっくに四階に到着していたエレベーターはしばらくそこに待機していたが、やがて、呆《あき》れたように自動的に扉を閉める。二人はそのまま一階へと運ばれたが、幸いほかの住人はおらず、キスの合間に吉野がもう一度「4」を押した。

一往復半してからようやく四階に降り立った佐々木の耳は、すっかり朱に染まってしまっているはずだ。耳が火照《ほて》って、ひどく熱い。

「ちゃんと結婚しようよ」

玄関でスニーカーを脱いでいると、背後から吉野がそう囁《ささや》いてきた。

伸ばされた腕が佐々木の胸を捉《とら》え、軽く抱き込まれる。

途端に吉野の匂《にお》いと体温を意識して、鼓動《こどう》が跳ね上がる。

R 5 4 3 2

鼓膜《こまく》をくすぐる甘い声だった。

「……馬鹿《ばか》。男同士じゃ、無理だろ」

嫌《いや》だと強硬に突っぱねることができなかったのは、あの夜のプロポーズに酔ってしまった自分を知っているからだ。

吉野の言葉はいつも甘い鎖《くさり》のように心に直に絡《から》みつき、佐々木を酩酊《めいてい》させる。

「籍を一緒《いっしょ》にすることもできるよ。ほら、たとえば千冬を俺の養子にするとか」

「親子になるなら、結婚じゃないだろ」

たとえ形だけでも義父が吉野になるなんて、薄ら寒い。そんなの絶対に認められない。

「籍なんてなくたって、俺はあんたのこと……好き、だし」

羞《は》じらいから小さな声でそう呟《つぶや》けば、吉野は途端に嬉《うれ》しそうな顔つきになった。

「だったら、一つくらい我《わ》が儘《まま》聞いて？」

「あんたの我が儘はたくさん聞いた」

佐々木の冷たい声音にがっかりしたのか、吉野は軽く肩を竦《すく》めた。

「冷たいな、千冬」

自分が本当に冷たかったら、あんなところでキスなんて許したりしない。

「……そういえば、雨宮《あめみや》さんのこと、返事した？」

「まだだ」

「早くしたほうがいいよ。仁科さんだって仕事だし」

「期限には、あと二日ある。——着替えてくる」

佐々木はぶっきらぼうにそれだけを言い残して、自室へと足を踏み入れる。滅多《めった》に使われることのないシングルベッドに横たわると、ようやく休息を手に入れたのだという実感が押し寄せてくる。

結婚、なんて。

籍だとかウエディング・パーティーだとか、非常識なことを唐突に言いだす吉野が、どこまで本気なのか測りかねた。それどころか、彼が本気ならば自分はそれに応《こた》えられるのだろうかと、そんなことすらもわからない。

結婚したいと言われたのは嬉《うれ》しかった。彼と家族になり、恋人以上の結びつきを求められている。この世にたった二人になってしまっても一緒《いっしょ》にいたいと思われることを、不幸せだと考える人間がいるだろうか。

しかし、たとえ籍を入れずともウエディング・パーティーなどせずとも、彼が結婚したいのだと思えばそれで二人の関係は安定する。佐々木が吉野以外の人間を好きになることは一生ないだろう。

永遠はいつも、吉野の隣《となり》にある。彼が気づかないだけで、佐々木の愛情のすべては、未来永劫《みらいえいごう》吉野一人に捧《ささ》げられているというのに。

2

ぽん！　という音でメールが着信したことに気づき、吉野《よしの》はタスクトレイに入れてあったメーラーを元のサイズに戻す。

「あ……」

相手は以前何度か顔を合わせたことがある外資系証券会社の幹部で、いずれ会えないかというものだった。

たぶん、ヘッドハンティングのたぐいだろう。

現時点で吉野はいくつかの証券会社から転職しないかというオファーを受けており、それにには複雑な感情を抱いていた。特に外資系のヘッドハンティングが多く、吉野には言わないが、後輩でこのオフィスの社員である原田《はらだ》もそのような話を何件か打診されているらしい。

「どうかしたの？」

事務を担当《たんとう》している中峰《なかみね》緑《みどり》に問われて、吉野は曖昧《あいまい》に微笑《ほほえ》んだ。

「いや、ただのＤ　Ｍ《ダイレクトメール》だった」

「最近多くて迷惑《めいわく》ですよね。先輩、残業するならコーヒー淹《い》れましょうか」

「ありがとう……あのさ、ちょっといい？」

お茶の支度を始めてくれた緑の背中に、不意に吉野は声をかけた。

今日一日、相談しようかどうしようかと迷いつつ、とうとう口に出せなかったのだ。

「緑はウエディング・パーティーってどう思う？」

「最近流行《はや》ってますよね。レストラン・ウエディングとかって素敵《すてき》だわ。人前式《じんぜんしき》とか」

色よい返事に気を良くし、吉野はさらに続けた。

「そうか……よかった。じゃあ、招待したら、来てくれるかな」

「──招待って……先輩、まさか佐々木《ささき》さんと人前式するの⁉」

「うん。いいアイディアでしょ？」

「うわ……それって、正気？」

半ば浮かれた吉野の言葉に対して、彼女の返答はあまりにも辛辣《しんらつ》なものだ。

「正気だよ」

本気で唇《くちびる》を尖《とが》らせると、彼女は吉野の幼《おさな》い物言いに呆《あき》れてしまったらしい。

「──だいいち、どうしてウエディング・パーティーなんですか？」

「千冬《ちふゆ》と結婚したいんだ」

デスクに頬杖《ほおづえ》をついて吉野がそう言うと、緑はうんざりとしたような顔つきになった。

「先輩、自分が何を口走ってるかわかってます？」

さすがに大学時代からの後輩だけに、言うことはいちいち手厳しく、歯に衣《きぬ》を着せることがない。

「わかってるよ。でも、入籍はさすがに無理だし、教会で結婚式だけでもっていうのも無理だろう？　だから、友達と身内だけ集めて、ささやかなパーティーを開きたいんだ。けじめっていうか、記念っていうか」

「やめたほうがいいと思いますけど。佐々木さんって内気なほうでしょう？　そんなさらし者にするなんて、可哀想《かわいそう》じゃない」

さらし者という表現に、吉野はむっとした。いくらなんでもその表現はデリカシーがなさすぎる。

「さらし者にするつもりなんてないよ」

「けど、佐々木さんはそう受け取るかもしれないでしょ？　だいたい結婚式なんて、誰を呼ぶの？」

緑はデスクをてきぱきと片づけ、必要なものをバッグに納めていく。その無駄《むだ》のない動作は、早く帰りたいとでも訴えているかのようだった。

「それは、緑と原田と、睦《むつみ》くんと、あとは仁科《にしな》さんとか……千冬の友達かな」

「さっき身内って言ったけど、ご家族は？」

唐突にそう切り込まれて、どきりとした。

祝福なんて、身内の誰がしてくれるだろう？

それは自嘲《じちょう》も混じった自問自答だった。

佐々木は料理人になって以来家族とは疎遠《そえん》だと聞いているし、吉野もまた、同性の恋人を持ったことで複雑な立場に置かれている。現に、吉野の父は意識不明になる直前まで、不甲斐《ふがい》ない息子のことを心配し続けていた。

「どっちのご家族も呼べないんでしょう？　だったらべつに、身内のために結婚式を挙《あ》げる必要なんてないじゃないですか」

「家族を呼ぶために式を挙げるわけじゃない」

「でも、報告もできないってわけでしょ。私たちにしてみれば、先輩たちがラブラブなのは周知の事実なんだし、今さら結婚にこだわらなくたっていいと思いますけど」

吉野が表情を曇らせたのを見て、緑はようやく微《かす》かに語調を和らげた。

「そうなんだけど……」

緑にはきっと、吉野の不安なんてわからないだろう。もう一度恋人を失うことに怯《おび》える惨《みじ》めな男の心境など。そう思えばこそ、吉野は黙り込むほかなかった。

「佐々木さんと元に戻ったなら、もう無理することないじゃない。先輩は、何がそんなに不安なの？　男らしくないと思うけどな、そういうの」

「その発言はセクハラだな」

「セクハラでもなんでもいいけど、とにかく、結婚だけがゴールじゃないと思うわ。先輩は焦《あせ》りすぎです」

「――そう、か」

「それより帰らなくていいんですか？」

オフィスは終業の時間も近く、原田は直帰してしまっている。緑も経理関係の雑務を片づけたあとで、そろそろ帰りたそうな顔をしていた。

「もうちょっと、仕事していこうかと思って。家に帰っても一人だと、つまらないんだ」

「一人でけっこうじゃないですか。たいていの主婦は、自分の時間が持てないって愚痴《ぐち》るものだもん。先輩、ちょっと佐々木さんにべたべたしすぎじゃない？　少しは距離を作って、佐々木さんを休ませてあげないと」

「そうしてるつもりだよ」

そんな当たり前のことを独り身の緑に指摘されるとは思わず、吉野は少しふてくされる。

たとえば、佐々木の負担になりたくないから、吉野が我儘《わがまま》を言うことはないようにしている。できる限り物わかりのいい恋人になろうと、こちらも最大限の努力を払っているつもりだった。

その中で唯一にして最大の我儘《わがまま》が、今回の結婚式というセレモニーだ。

ちらりと緑が時計に視線を走らせたので、吉野はそこで話を打ち切ることにした。

「ああ、引き留めてごめん。映画見に行くんだっけ？　面白《おもしろ》かったら感想教えて」

「はーい。じゃ、戸締まりお願いします」

やがてぱたぱたという足音とともに、緑が去っていく。その音を聞きながら、吉野はうーんと大きく伸びをした。

自分たち二人の結びつきを示すためにもウエディング・パーティーは妙案だと思ったのだが、佐々木も緑も反応は芳《かんば》しくない。

だけど、家族になるための儀式《ぎしき》が必要なのだ、と思う。

当の佐々木が恥《は》ずかしがるのはわかるが、吉野としては自分の本気を皆に宣誓し、彼を安心させたいだけなのだ。そしてまた、できれば彼の誓いで自分を安心させてほしいと、そんな虫のいいことを願っている。

そんなことを声高に唱えても浅はかなだけだとわかってもいた。人の気持ちはいずれ変わる。変わらずにいるものなんて、どこにもない。自分は、独りよがりでひどく愚《おろ》かなことを考えているのかもしれない。

だけど、いつでも彼と恋に落ちるその瞬間のことだけを考えていれば、きっと大丈夫だから。諦《あきら》めずに何度でもやり直せば、この恋は続けていける。そのための約束が、確かな形が欲しいだけなのだ。


終業後の『エリタージュ』の厨房《ちゅうぼう》は常に忙《せわ》しく、ざわめきとにぎわいを帯びている。食器洗い機に放り込んであった食器を取り出したところで、佐々木は息をついた。

「先輩、どうしたんですか？　元気ないですね」

「なんでもない」

「最近、暑いっすよね」

康原《やすはら》は自分のシェフコートをつまんでそれを前後に動かすことで、皮膚に風を送ろうとしているらしい。そうでなくともたくさんの火を使うため、厨房はいつも暑い。特に夏場ともなればその暑さは倍加され、夏ばてしてしまう者もあとを絶たない。

「あ、そういやそろそろ洗剤切れちゃうから、注文しないと」

「そうか。なら、シェフには俺が話しておく」

「いいんですか？」

かまわない、と佐々木は短く答えた。

備品は厨房機器販売会社の営業が来るときにまとめて頼《たの》んでいるのだが、最近はあまり顔を出しにこない気がする。調理機器なんて早々に買い換えるものでもないし、そういう意味ではここにも用がないのかもしれない。

「そういや、藤巻《ふじまき》さんが辞《や》めるって噂《うわさ》、聞きましたけど」

「え……」

「やっぱりうちの店、厳しいですし」

人気シェフである島崎洋治《しまざきようじ》がシェフを務めるこの店は、料理人を志望する若者の憧《あこが》れの的だった。だが、首尾よくエリタージュに勤めることができても、きつい仕事に耐えきれずに辞めていく者は多い。もちろん仕事の辛《つら》さから辞める者もいれば、独立して店を開く者もいる。そのあたりの事情は人それぞれだ。

佐々木としては、自分が最終目標であるソーシエになるまで、ここを辞めるつもりはなかった。

「そうか」

おまえはよく続いているほうだ、と言ってやろうとして、佐々木はそれが嫌味《いやみ》に聞こえるかもしれないと思い直して言葉を止めた。というのも、康原は一度は店を辞めたいと言って郷里に帰ってしまったのだ。それが自分のせいだというのなら、どうしても夢を諦《あきら》めてほしくなくて、佐々木が彼を迎えに行ったという経緯がある。

「じゃ、俺、帰ります」

「ああ」

佐々木は頷《うなず》いてから、もう一度備品をチェックする。改めて数えても足りないものは洗剤くらいで、ほかは島崎に任せておけばいいだろう。

エプロンのリボンを解《ほど》きながら歩いていると、不意に「佐々木」と背後から声をかけられた。振り向かずとも、それが料理長の島崎であることはすぐにわかる。

「遅いな。今、帰るところか？」

「あの、洗剤、足りないから……また頼《たの》んでもらおうと思って」

どこか嚙《か》み合《あ》わない会話だったが、それをまったく気にも留めないのが島崎らしい。

佐々木は口べたなほうだったが、島崎と会話をすることにはさほど苦痛を感じていなかった。どちらかといえば、彼は話しやすい部類に入る。

「洗剤？　ああ、そういえばもうそんな時期か」

島崎は口元を綻《ほころ》ばせて、それから続けた。

「おまえのほうは腹は決まったのか？」

「腹って」

「オーナーの新しい店のことだよ」

その話題を口に出されて、佐々木はにわかに表情をかき曇らせた。

もう、時間がない。ずるずる先延ばしにしていた返答の期限は、今日だったのだ。

「島崎さんは、どう思ってるんですか」

「何が」

「俺が出ていっても……その……」

「かまわないと前から言ってるだろう？　こっちはボランティアで店をやってるわけじゃない。やる気がない人間はいらないし、向上心のない者も願い下げだ」

鋭い言葉に、佐々木は項垂《うなだ》れた。

佐々木には、自分の店である『レピシエ』というビストロをつぶしてしまった前科がある。これ以上はどうしても立ちゆかないとアドバイスをしたフード・プロデューサーの仁科に拾われ、佐々木はエリタージュに就職することができた。

レピシエ再開のために、佐々木は試行錯誤《しこうさくご》しながらその方策を探っている。そしてようやく、誰かと店を作り上げようという気持ちになったのは、雨宮立巳《あめみやたつみ》という優れた料理人に出会ったおかげだった。

なのに、その雨宮のことを仁科が横から攫《さら》ってしまったのだ。

自分が新しく始める店のシェフにしたいからと雨宮を奪い取り、こともあろうに、幼馴《おさな》染《じ》みの如月《きさらぎ》睦にまでそのスタッフとして白羽《しらは》の矢《や》を立てた。

それだけなら、まだなんとか我慢ができた。だが、どうしても許せなかったのは、雨宮が「見習い（コミ）として佐々木を雇いたい」と申し出てきたことだ。

どうして仁科が自分をこんな形で必要としているのか、わからない。いや、仁科よりも雨宮が自分をスタッフにと言った理由を知りたい。

自分にそれだけの実力があると思ってくれているのなら、見習い扱いなんてしないはずだ。むしろ、相応の地位を用意してくれてもいいではないか。

それに、話を持ちかけた仁科も雨宮も、佐々木の立場くらいわかっているはずだ。

エリタージュを休んで雨宮の店を手伝うのは可能だが、そうでなくとも自分はこの店を休んだり謹慎《きんしん》を食らったりと、何度も迷惑《めいわく》をかけているのだ。

そのときそのときは正しいと思っていても、結果的には自分は島崎に不利益を及ぼしている。そんなことは、痛いほどわかっていた。

だからこそ、今度エリタージュを抜けるとしたら、それは自分がこの店を辞《や》めるときだ。

そんな覚悟を決めるくらいに、佐々木は自分の無責任な行動を恥《は》じていた。

それに、手伝ってくれと言われて、すぐに動きだせるわけではない。それをわかっているはずなのに無理難題を吹っかけてくるあの二人の考えが、理解できなかった。

「迷っているのは、オーナーの申し出に魅力《みりょく》を感じているからじゃないのか」

さすがに上司だけあり、島崎の言葉はあまりにも的確だった。

そうなのだ。

佐々木がこうも迷っているのは、雨宮の店に行きたくないからじゃない。行きたいからだ。

どうして雨宮があんなことを言ったのか。見習いに戻れとまで言われるほど、佐々木の料理はダメなものなのか。それが知りたい。

しかし、それは同時に、エリタージュでの自分自身の立場や存在と引き替えにするほどの大きな転機でもあった。

「——俺、コミになれって言われて、すごく、ショックだった」

一つ一つの言葉を区切るようにして、佐々木は訥々《とつとつ》と思いの丈《たけ》を吐き出した。

「けど、なれって言われたからには、その理由があるんだろうし……それに、雨宮のことも、仁科……さんのことも、見返してやりたい」

「そうか」

「でも、そんなの間違ってる気もする。料理って、そういうものじゃなくて……」

優しくて、あたたかくて、愛《いと》しいもの。

それはまるで、吉野のように穏やかで美しいもの。

佐々木の心を愛で満たしてくれるもの。

それらが、佐々木にとっての料理のイメージだ。

食べる人を幸福にして、元気にする料理を作りたい。そう願ってやまないのに、相手を見返そうなんていう攻撃的な心理状態で料理を作っていいのだろうか。

「だったら、相手に負けないで自分の持ち味を守ればいい。おまえは、決断できないことを自分に言い訳してるだけだ」

島崎は手厳しい口調でそう言った。

「新しい店のシェフと折り合いをつけながら、おまえが求められる仕事をすればいい。誰かの下で仕事をするっていうのは、そういうことのはずだ」

この店に来たときも、そうだったろう？

厳しいが、同時に教え諭すような声で言われると、胸の中に築かれた堤防が決壊してしまいそうだ。

「——だけど、今までだってたくさん迷惑《めいわく》かけてきたし、みんなに甘えすぎてるって、わかってる……」

佐々木がいなくなればなったで、厨房《ちゅうぼう》はまた人が足りなくなる。そうでなくともスタッフの一人が辞《や》めると先ほど話したばかりだ。

一度や二度で許されればいいが、これで何度目になることか。

そんなことを繰り返していれば、佐々木をなぜ特別扱いするのかと、島崎もまた責められるだろう。それならば、いっそ辞めたほうが彼の迷惑にならずにすむはずだ。

「そう思うなら、戻ってこなければいい。だいたい、うちの店でソーシエを目指すなら、あと何年かかるかわからないと言っただろう」

　どきりと心臓が脈打った。今まで自分が考えていたことだったが、こうも深刻な口調で言われてしまえば、どうすればいいのかわからなくなる。

「けど、俺はまだ、島崎さんに何も返してない。もらったものだけ多くて……」

「自惚《うぬぼ》れるな」

　声はさほど大きいものではなかったが、ぴしゃりと一喝《いっかつ》されて佐々木は怯《ひる》んだ。島崎は真剣なまなざしで、自分を見つめている。

「シェフ……」

「いつからおまえは、人にしてもらった恩を返せるようなご大層な人間になったんだ？　まだまだ半人前のくせに、生意気《なまいき》なことを言うんじゃない」

「――すみません」

「今はまだ、人に恩を返すことを考えるより、修業して自分を磨《みが》く時期だ。恩返しは、自分に余裕ができたときにするんだな」

　島崎の表情は厳しかったが、怒っているわけではない。彼はすれ違いざまに佐々木の肩を軽く叩《たた》いた。

「おまえの人生だ。おまえの好きにすればいい。義理やプライドだけで一つの店に縛《しば》られる必要は、どこにもないんだ」

あたたかな掌《てのひら》の熱が薄いシャツ越しに伝わってきて、なぜだか涙が出そうになる。

「おまえは不器用でプライドばかり高いが、そういうところが優しすぎる。他人と競争するような場所には向いてないんだろうな。もっとしたたかになって、たとえば……オーナーのことだって利用できるくらいにならないと、一生、自分の店なんて持てないぞ」

「そんなの、無理だ。あいつを利用するなんて」

「無理だと思ってるからできないだけだ。おまえはあの人を過大評価している」

優しく厳しい島崎の気持ちを、無下《むげ》にすることなどできない。

自分がいることで、彼に迷惑《めいわく》をかけてしまう。佐々木の意地やこだわりが、よけいな軋《あつ》轢《れき》を生み出すのかもしれない。

だとすれば、どうすれば彼の気持ちに応《こた》えられるのだろう。料理人として必要なことを教えてくれたこの人に感謝を伝えられるのか。

「明日……辞表、書いてきます」

「そうだな」

レピシエに縛《しば》られ続ける自分自身を考え直せと言われたのか。それとも、ソーシエとかエリタージュとか、そういうこだわりを捨てろと言われたのか。

どちらなのか、自分でもわからない。だけど、レピシエを諦《あきら》められないのだけは、確かなことだ。

レピシエを諦《あきら》めて負け犬になれば、自分は自分でなくなってしまう。何度も諦めそうになった。くじけそうになった。ささやかな夢でさえも、もう永遠になくしてしまうのではないかと思った。

だけどそれでも諦めきれないのは、諦めたら最後、『佐々木千冬』として生きるためのプライドさえも見失うような気がするからだ。

吉野を愛するための資格さえも、なくしてしまうような気がした。

華《はな》やかな女性の笑顔《えがお》がアップになった雑誌は、ずしりと重い。

必要性を感じて改めて書店に行き、結婚情報誌やレストラン・ウエディングのムックを見つけたのはいいが、それを買うのはなかなか勇気が要《い》った。とはいえ書店では数多くの本が見つかり、最初からコンビニではなく書店に行くべきだったな、と吉野は改めて思った。そうすれば佐々木に、結婚式の計画がまだばれずにすんだのに。

反対されればされるほど意地になるというか、こうなったらすべてお膳立《ぜんだ》てして、そのうえで佐々木に改めて相談しようと思いついた。

マグカップを取り上げてコーヒーを飲むと、すっかり冷たくなったそれがどろりと喉《のど》を通り抜けていった。

まず、日にちを決めて、条件に合致《がっち》するレストランを探そう。

そもそも、佐々木を説《と》き伏《ふ》せてパーティーができたところで、招待する人数は、そう多くない。自分たちがつきあっていることを知っていて、なおかつ結婚を祝福してくれる相手。そう限定すると、呼べる人数は両手の指で足りてしまうかもしれない。

試しに数えてみれば、事務所の原田と緑。それから、仁科と成見《なるみ》、絵衣子《えいこ》。如月、藤居《ふじい》健太郎《けんたろう》。佐々木はきっと家族を呼べないだろうし、吉野もそのつもりはない。それを考えるとずいぶんと招待客は厳選される気がした。

そんな内々だけのパーティーだから、派手《はで》なものにする必要はまったくない。

普通の結婚式みたいにブーケを投げたり、ウエディング・ドレスを着たりなんてことは。

「――ウエディング・ドレス……？」

新郎同士の結婚式というものも、華《はな》がなくてつまらないものだ。だとしたらどちらかがウエディング・ドレスを着たほうがいいのだろうかと一瞬《いっしゅん》考えたが、佐々木にそんなものを着せたら、きっと絶縁されてしまうだろう。

あれから雑誌やインターネットで調べているうちに、同性同士では婚姻《こんいん》ができない日本では、同性愛のカップルがどうしているのかを学んだ。

点《つ》けっぱなしにしたテレビで流れるニュースに時折視線を投げながらも、吉野は雑誌を読むことに没頭する。バックにテレビの音でも流しておかなければ、一人きりの部屋は妙に静かになってしまう。

もともと佐々木もそう口数が多いほうではなかったが、最低限の相槌《あいづち》くらい打ってくれる。こうして一人きりのときにテレビを点《つ》けてしまうのは、佐々木との別離生活が生んだ遺産のようなものだ。

あのころの自分は、淋《さび》しくて。

だけどその淋しさをどうすれば埋めることができるのかわからず、テレビから流れるかりそめのにぎわいを求めていた。内容がわからなくても、ただうるさいだけでも、それでもよかった。自分が独りでないと、気持ちを紛《まぎ》らわすことができさえすれば。

今は違う。そんなことはないはずだ。

「……ただいま」

そこで玄関のほうで声がしたので、吉野は急いで立ち上がる。

夢中になって雑誌を読むあまり、時間が経《た》つのも意識していなかった。

「お帰り、千冬」

部屋に上がった佐々木は吉野を見てぱっと顔を輝かせ、そして、すぐに口を開いた。

「話があるんだ」

「話？」

珍しいこともあるものだ。これを機にウエディング・パーティーのことも、もう一度佐々木に相談してみるべきだろうか。

お互いに一つずつ相談事があるという前提のほうが、佐々木も話がしやすいかもしれない。一瞬《いっしゅん》、そんな考えが脳裏《のうり》をよぎる。しかし、佐々木の話す内容によっては雲行きもだいぶ怪しくなるし、まずは彼が何を話すのか聞いたほうがいい。

こんなに長く恋人と続いたのは初めてなのに、吉野はまだ手探りをしている。

他人を知るというのは、不思議《ふしぎ》なことだと思う。

言葉と身体《からだ》を交わし、手順を踏んで薄皮を一枚一枚剝《は》ぐように相手のことを知ろうとするのに、それでもまだ心まで行き着かない。

「じゃあ、お茶でも淹《い》れるよ。あったかい紅茶でいいかな？」

「うん」

「千冬はシャワー浴びておいで。汗《あせ》かいちゃったでしょ？」

「わかった」

佐々木は妙に素直《すなお》に吉野の言葉に従うと、ドアを開けて廊下《ろうか》へと消えていった。

冷房が効《き》いていれば紅茶を飲むのも苦にならないだろうし、最近、緑に美味《おい》しいフレーバーティーの淹れ方を習ったばかりだ。それを是非《ぜひ》とも披露《ひろう》したかった。

よほど報告したいことがあったのか、佐々木は烏《からす》の行水《ぎょうずい》という比喩《ひゆ》にふさわしい素早さでシャワーを浴び終えたらしく、五分もしないうちにTシャツにショートパンツという姿でリビングに現れた。

身体《からだ》に程よくついた筋肉は、普段は重い鍋《なべ》や食材を振り回しているせいでできたのだろう。そういえば、彼の上腕二頭筋のあたりや胸のあたりに、前よりも筋肉がついてきているかもしれない。それでも彼本来のシャープな美しさを損なうことはまるでなく、吉野は声もなくその姿に見惚《みと》れた。

「あちっ」

見惚れすぎたせいか、やかんから零《こぼ》れたお湯が思いきり左手の甲にかかる。

「何してんだよ！」

途端に佐々木の叱責《しっせき》が飛び、彼は「冷やせ」と声を張り上げた。

「あ、うん……平気」

「いいから」

キッチンに入ってきた佐々木が吉野の左手首を摑《つか》み、それを流水の中に突っ込ませる。冷たい飛沫《しぶき》が跳ね上がったが、佐々木はまるで頓着《とんちゃく》せずに吉野の手を摑んだままそれを冷やし続けた。

「火傷《やけど》なんて、店じゃしょっちゅうでしょ？」

「だけど、なめたらひどい目に遭《あ》う」

「かもしれないね」

吉野の手首を握り締めたまま、佐々木はゆっくりと口を開いた。

「――俺、エリタージュを辞《や》める」

突然の宣告に、吉野は呆然《ぼうぜん》と佐々木を見下ろした。

「辞める？　どうして？」

まさか家庭に入るわけじゃないよね、という冗談《じょうだん》は口にせずに呑《の》み込《こ》んだ。

「その……仁科……さん……の店を手伝いたいから」

仁科にさん付けをして呼ぶのが嫌《いや》なのか、佐々木は苦々しい口調でそう言った。

「千冬、それってどういうこと？」

「雨宮の店の、コミをやる」

彼の信じられない宣告に、吉野はひどい衝撃を受けた。

「嘘《うそ》……だろう？」

蛇口《じゃぐち》から水が流れるに任せて手の甲を冷やしていた吉野はそこから手を引き抜き、佐々木の両肩を摑《つか》んだ。濡《ぬ》れた手で剝《む》き出《だ》しの肩を摑まれて佐々木は「冷たい」と呟《つぶや》いたが、頓着《とんちゃく》することなどできるはずがない。

「どうして、なんで……そんな、突然」

掠《かす》れたそんなみっともない声しか、出てきてくれなかった。

「なんだよ。もしかして、反対なのか？」

動揺《どうよう》する吉野の声に逆撫《さかな》でされたのか、佐々木もまた過剰に反応を示してくる。

思ってもみなかった切り返しに、吉野は咄嗟《とっさ》に答えられなかった。

佐々木が一緒《いっしょ》に店をやる相手として熱望していた男の名前を出されれば、嫉妬《しっと》とかそういう問題ではなく、ただ動揺だけを覚えてしまう。

仁科は雨宮を手ひどいかたちで横取りし、己の経営する店のシェフに据《す》えようとしているのだ。しかもこともあろうに、佐々木が愛してやまない幼馴染《おさななじ》みである如月のことを、ギャルソンとして雇いたいのだという。

挙《あ》げ句《く》、雨宮は己の下で見習いとして働くよう、佐々木に求めてきたのだ。エリタージュで着実にステップアップし、今ではポワソニエを務める佐々木にしてみれば、その過《か》酷《こく》な要求はプライドを傷つけられる最たるものだったろう。

だから、吉野としては佐々木を慰めたかった。肩肘《かたひじ》を張っているくせに傷つきやすい彼の心を救いたかった。裏切られ傷つけられ、壊される彼を見ていられなかったのだ。

そのために自分がこの手を差し伸べたのに、そんなものは必要なかったとでも言いたげな立ち直りの早さには、わけもなく苛立《いらだ》ちすら感じた。

「反対なのか？」

もう一度重ねて問われれば、口ごもる以外方策はなくなる。

「──そういうことじゃなくて、俺は君が傷つくのを見たくないだけだ。わざわざコミにまで身を落とす必要なんて、ないじゃないか」

「コミは恥《は》ずかしいポジションじゃない！」

ぴしゃっと鋭い声で言い切られて、吉野は反射的に背筋を伸ばした。

「あ……ごめん。今のは言葉の文《あや》で……」

「俺はただ、知りたいだけだ。どうして雨宮が俺をコミにするって言ったのか」

吉野の台詞《せりふ》を遮《さえぎ》る佐々木の声音は、あくまで揺るぎがない。

「だからって、わざわざ自分を追い込まなくてもいいはずだ」

「もう決めたんだ」

きっぱりと言い切られれば、かつてこんなことがあったと感じてしまう。

一緒《いっしょ》だ。

佐々木が吉野に別れようと言った、あのときと。

他人の意見など聞き入れる余地がなさそうな口調で言い切られれば、吉野としてももはやどうすることもできない。反対する手だてもなかった。

「俺は成長したい。立派《りっぱ》なシェフになりたい。料理人として大成《たいせい》したいだけだ」

「君は……ずるいね」

吉野の口から、言わなくてもいい一言が零《こぼ》れ落《お》ちてしまう。

「ずるい？」

「俺は最初から、君の味方でいるつもりだ。君の望みを阻《はば》むつもりなんてないよ。試すようなことを、言わないでくれ」

「試してるつもりなんかない。それに、だったら、俺が雨宮の店に行きたがってるのも、わかってくれてもいいはずだろ」

「そういう問題じゃないよ」

口べたなくせに、今日に限って揚《あ》げ足《あし》を取ろうとでもするような、佐々木の挑発が気に入らなかった。

「ただ、心配なだけだ。俺の感情がどうとかそういう問題じゃなくて。もう少し、冷静になって考えたほうがいい」

「何を？」

噛《か》みつくような口調で言われたが、佐々木が怒りだすことがないよう、吉野はなるべく冷静に口を開いた。

「何って、雨宮さんの依頼《いらい》を受けるかどうかだ。だいたい、君に耐えられるわけがないだろう。そんな、他人の下で……君が、コミとして働くなんて」

しばらくの沈黙が、そこにあった。

……しまった。自分はまた失言をしてしまったようだ。

ややあってこちらに視線を向けた佐々木は、まるで捨てられた子犬のように傷ついた瞳《ひとみ》で、吉野を凝視《ぎょうし》した。

「――あんたは、俺を信じてないのか……？」

彼のその言葉が、心にぐさっと突き刺さる。

まさかそう切り返してくるとは思わなかったのだ。

「信じてないわけじゃない。ただ、君が傷つくのを見たくないだけだ」

「俺はわざわざ傷つくために行くんじゃない」

佐々木は頑《かたく》なだった。

「だったら、どうして……」

「決めたんだ」

佐々木はそう断言し、それ以上の追及は許していないとでも言いたげだった。

その揺るぎない姿勢は、絶対に崩れることはないのだ。

彼はまた、吉野の意見など聞かずにすべてを決めてしまう。

佐々木の人生に、本当に吉野の姿はあるのか。来《きた》るべき未来に、吉野の姿は描《か》き込《こ》まれているのだろうか。

それを心配する吉野の気持ちになんて、佐々木はこれっぽっちも気づいていない。

結婚というかたちでお互いの未来を共有すれば、お互いの人生に責任を持てば、少しは佐々木は吉野のことを考えてくれるのではないか。それとも――それも、幻想なのか？

「――わかった」

吉野はあっけなく折れた。

「千冬がやりたければ、雨宮さんのお店に行けばいい。でも、俺は何も手伝わない。千冬がどんなに苦しくても愚痴《ぐち》を言っても、とりあってあげないよ？」

「弱音は吐かない」

佐々木は短く言い切り、最後にくしゃんと一つくしゃみをした。

この無益な言い争いが終わりそうなことの、彼なりの安堵《あんど》の現れなのかもしれない。

「ほら、そんな格好《かっこう》してるからだよ。ちゃんと上に、着てこないと」

意地悪《いじわる》な態度を取るのも、そろそろ終わりにしなくては。

今度は吉野が佐々木の腕を摑《つか》み、そっと彼を引《ひ》き剝《は》がそうとする。

けれどもその体温を掌《てのひら》に感じてしまえば、その身体《からだ》を離しがたくなる。

もの言いたげな視線を佐々木に向けると、無言のまま彼は突然つま先立ちになり、吉野の肩をぎゅっと摑んだ。そして、半ば無理やりに唇《くちびる》を押しつけてくる。

互いの唇がぶつかり、吉野は思わず佐々木の背中に腕を回した。

どうすればいいのかわかりかねているとでも言いたげな迷いを含んだキスに、吉野もまた戸惑《とまど》いを覚えた。

「ん…んっ…」

「――千冬、したいの？」

佐々木は答えずに、吉野のポロシャツのボタンをはずしていく。官能の欠片《かけら》もないその仕草が何よりも強烈《きょうれつ》に淫《みだ》らに見えることを、きっと彼は知らないのだろう。

「千冬」

親指で軽く胸の突起を押《お》し潰《つぶ》すと、佐々木はわずかに甘い吐息を漏らす。そこを舌《した》で転がし、軽く吸うと彼は切なげに身を捩《よじ》った。

「…あぁ……あッ……」

口論をしたことが怖《こわ》いのだろうか。彼もまた、些細《ささい》なきっかけからいつか吉野を失うのではないかと、怯《おび》えているのだろうか。

そのためにこの体温を確かめたいというのなら、それを拒むほど吉野も無粋《ぶすい》ではない。

「誘ってくれたの？」

「ちが……」

ショートパンツを引き下ろすと、彼は羞《は》じらいに頬《ほお》を染めた。吉野の口に含まれた突起が、濃く色づいてしまっている。

「だったらそんな隙《すき》だらけのところを見せるのは、反則だよ」

吉野は甘く囁《ささや》いて、佐々木の腰を引き寄せた。

声になる答えはなかったけれど、佐々木はすがりつくように、吉野の首に腕を回してしがみついてくる。

「千冬になら、なんでもしてあげる。どんなことでもさせてあげるよ……?」

この胸中にわだかまった不安を溶かそうとするその甘えた仕草が、何よりも愛《いと》しかった。

むろんそれだけでは、吉野の中に生まれてしまった凝《しこ》りを消すことはできない。不安を先送りにしたところで、ますますそれが自分を苦しめるだけだ。

だけど、今はお互いに、かりそめの体温が必要なのか。

唇《くちびる》で皮膚をそっと辿《たど》りながら、吉野は佐々木の前に跪《ひざまず》く。ショートパンツを引き下ろして、佐々木の下腹にゆるゆると顔を埋《うず》めた。

「ッ」

切なげな吐息が佐々木の唇から漏れ落ちるのを愉《たの》しみながら、吉野は彼に奉仕《ほうし》する快楽に溺《おぼ》れた。佐々木の悦楽を引き出せることが、何よりも嬉《うれ》しい。

「ふ…っ」

含んだものが口腔《こうこう》で容積を増していく。それを執拗《しつよう》に舐《ねぶ》ると、佐々木の唇から押し殺した啜《すす》り泣《な》きが零《こぼ》れた。

3

「……九時、か」

取引先の相手と食事をして店を出たついでに時計を見ると、九時近い。このまま家に戻ってもいいものの、一人きりの部屋に戻るのは嫌《いや》だ。

飲み直してもいい気分だが、『クレスト』に行くのは気が重い。だったら、『アンビエンテ』に寄ってみようか。

友人の仁科《にしな》が経営するバーの一つであるアンビエンテは二十代の若者をターゲットにした店で、吉野《よしの》も気が向いたときに訪れている。バーテンダーの成見智彰《なるみともあき》と話して、仁科の動向を探ることもできた。それに今夜は、仁科もいるかもしれないのだ。

酸《す》いも甘《あま》いも嚙《か》み分《わ》けたような節のある仁科には、いろいろと相談に乗ってもらっている。

しかし、佐々木《ささき》にしてみれば仁科は天敵であり、自分を苦しめる鬼《おに》だとでも思っているのだろう。佐々木が仁科を毛嫌いする理由を吉野は理解していたし、また、恋人を傷つけた張本人として仁科を殴《なぐ》りつけたこともあった。そのあとはしばしの冷戦が続いたのだが、最近になってまた交流は復活している。

結局、仁科という男は、憎めないやつなのだ。

もっとも、結婚式をやりたいと言えば、絶対に笑いだすであろうことは簡単に予想がつく。それでも仁科以外にまともに相談する相手がいないのだから、案外と自分は友達が少ないのかもしれないと、我ながらへこみそうになった。

渋谷《しぶや》から代々木《よよぎ》に至る坂道をゆっくりと歩いていると、渋谷公会堂が近づいてくる。

今日はライブでもあったのか、行き会うのはやけに若い女性が多かった。

コンビニエンスストアの角を曲がった先にあるアンビエンテは、地下に通じる階段を下りねばならない。扉を押すとテーブルはほぼ満席に近い状態だったが、カウンターはちらほらと空席が見受けられた。

「いらっしゃいませ。お一人様ですか」

「そう」

「ご案内いたします」

すでに馴染《なじ》みになったフロアスタッフが吉野をカウンターに案内する。

カウンターの中で優雅《ゆうが》にシェイカーを振っていた成見は、吉野の姿を認めてわずかに微笑《ほほえ》む。抑制《よくせい》の利《き》いた艶《つや》やかな笑《え》みは、その美貌《びぼう》にこそふさわしい。

「久しぶり」

「いらっしゃいませ。何にいたしますか」

耳をくすぐる穏やかな声は、まるで旋律《せんりつ》のように心地よかった。

初めて会ったときも綺麗《きれい》な青年だと思ったが、あのときより彼はますます色気を増し、囁《ささや》く声音の響きにさえも、赤面してしまいそうになる。

「ギムレット」

「かしこまりました」

成見と折り入って話がしたかったのだが、どうもウエディング・パーティーのことを持ち出せるような雰囲気《ふんいき》ではない。もう少し空《す》いているときに来ればよかったと、吉野は内心で自分のタイミングの悪さを反省せずにはいられなかった。

「今日、仁科さんは?」

「特に予定は伺っておりません」

「だったら、ちょっと君と話があるんだけど……ダメかな」

「話……ですか。休憩時間になら少しは」

「休憩は何時くらい?」

「あと三十分くらいです」

ほとんど唇《くちびる》を動かすことのない話し方で、それは囁《ささや》きというか、無声音に近い。しか

し、音楽の合間に吉野の耳にはきちんと届いてくるものだった。

「だったら、待ってるよ。すぐにすむから」

それを聞いて成見は「かしこまりました」と一礼した。

自分の店を持ちたいとあがく佐々木と違って、成見には野心というものがないのだろうか。バーテンダーとして大成《たいせい》したいという望みとか、そういったものが。

育ちがいいのだろうか。吉野の目から見た成見はいつも淡々としており、その端整《たんせい》な姿勢を崩すことがない。もちろん二十代の男性にありがちな浮ついたところも多少は見え隠れすることもあるが、基本的に表面上は落ち着いたものだ。仁科とつきあえるのもあの大人びたまなざしで彼を見据《みす》えているせいか、もしくは、彼は自身の思惑《おもわく》をオブラートに包み込んで隠してしまうことに長《た》けているのかもしれない。

三十分ほど経《た》つと、成見が目配せをしてからバックヤードへと向かうのが見える。それを機に吉野も立ち上がり、会計をすませた。

成見は地上へと続く階段を上がりきったところで、吉野を待っていた。

「ごめんね、疲れてるのに」

「大丈夫ですよ。今日はお客さんも少なかったし。お茶を飲むなら、ちょっと表に行きましょうか」

こうしてラフな格好《かっこう》になってもなお、成見の美しさは損なわれることがない。それどころか気品に満ちた美貌《びぼう》はひどく人目を引きつける。

「悪いね。すぐにすませるよ」

「気にしないでいいですよ。吉野さんも佐々木さんも、仁科さんにたくさん意地悪《いじわる》されたんでしょ？　あの人に代わって謝らなくちゃいけないし」

はにかんだような表情は一方でどこか大人びており、煙草《たばこ》を咥《くわ》える仕草にさえ、危うい色気が滲《にじ》む。

「君が謝ることじゃない」

「わかってはいるけど……俺、仁科さんの気持ちも、佐々木さんの気持ちも、なんとなくわかるから。やっぱり、謝りたくて」

両方わかるなんて、そんなことあるのだろうか。少なくとも吉野は仁科の気持ちなんて、理解できない。そしてまた、これほどそばにいても佐々木のことでさえ理解しかねているというのに。

「ここ、遅くまで開いてるし、けっこう人気あるんですよ。普段は仕事があるから来られないけど」

屋内の二人掛けのテーブルに案内され、吉野と成見はアイスコーヒーを頼《たの》んだ。

「で、話ってなんですか？」

「うん。あまり驚かないで聞いてほしいんだけど……」

吉野はすうっと息を吸い込み、成見の瞳《ひとみ》を見つめた。

「結婚しようと思ってるんだ」

「え？　俺と？」

成見のふざけた切り返しに、毒気を抜かれたのは吉野のほうだった。

「――あの……」

「やだな、冗談《じょうだん》です。誰と結婚するんですか？　もしかして、相手は佐々木さん？」

「ほかに誰もいないよ」

「そう……じゃ、おめでとうございます」

驚かれることもなくあっさりとそう言われて、ますます吉野は対応に困ってしまう。

「驚かないの？」

「吉野さんたちが何をやっても、今さらびっくりしたりしませんよ」

くすっと成見は笑った。

「で、俺に相談に来た内容って？　やっぱり仁科さんのこと？」

鋭いな、と吉野は思ったが、考えてみれば当たり前の結論かもしれない。

「そうなんだ。結婚式っていっても教会とかじゃできないし、レストランを借り切ってウエディング・パーティーにしようと思うんだ」

「素敵《すてき》ですね」

「そのウエディング・パーティーをきっかけに、仁科さんと千冬《ちふゆ》が仲直りっていうか……少しでも歩み寄ってくれればいいと思って。パーティー自体のプロデュースを、仁科さんにお願いしようと思うんだけど、どうかな」

「それはやめたほうが無難じゃないですか」

彼の答えはにべもなかった。運ばれてきたアイスコーヒーにミルクを注ぎ、ストローを使わずにグラスに口をつける。

「仁科さんは佐々木さんにまた無理難題を吹っかけてるんでしょう？　ほら、新しいお店のことで」

「ああ……うん」

掠《かす》れた声で相槌《あいづち》を打ち、吉野はストローで氷の山を崩す。

「睦《むつみ》ちゃんに聞いたけど、びっくりしちゃって」

驚いたのはこちらのほうだ。きっと成見とは別の意味で、自分は驚かされている。もう少しショックを引きずるかと思ったのに、彼はやすやすとそれを乗り越えてしまった。

吉野が驚くほどの早さで佐々木は傷を癒《いや》し、そして雨宮《あめみや》たちの店をコミとして手伝うとまで言いだしたのだ。これでは吉野が、自分の存在価値はなんなのかと自信を喪失するのも無理はないだろう。

「俺も驚いたけど……仁科さんには考えがあるかもしれないから、それはいいんだ。ただ、千冬がこのままオーナーとの関係が悪いままだと……よくないかもしれないって」

仁科は佐々木を試しているのだろうか。佐々木の中にある——何を？

揺るがぬ決意か。夢か。それとも変わることのない不滅の愛か。

吉野にとってこの世に確実に存在するものを、他人の人生すら手慰《てなぐさ》みに弄《もてあそ》ぶあの男は、信じ切れないのかもしれない。

「だけど、仮にウエディング・パーティーをするとして、それって一生の記念でしょう？許したくないって思う相手に手伝われて、佐々木さんは幸せだと思いますか？」

鋭く問いただされることになるとは夢にも思わず、吉野は曖昧《あいまい》に首を振ることしかできなかった。

「じゃあ、パーティー自体、やめたほうがいいのかな」

「俺はどっちでもいいです。そういうの、形だけのことだと思ってますし。——あ、すみません」

それが失言だと思ったのか、成見は途中で言葉を打ち切り謝罪を口にした。

「でも、ずっと一緒《いっしょ》にいたいなら、相手を尊重しなくちゃいけないと思う。吉野さんが不安になるのも俺にはわかるけど……佐々木さんの意思を置き去りにするのは、絶対によくないと思うから」

返す言葉など、思い浮かばなかった。

確かにそうだ。そのとおりなのだ。自分は佐々木の意思も聞かずに、勝手に結婚という結論に突っ走ろうとしている。

いろいろと理由をつけて仁科を引っ張り出そうとしているのも、本当は、ウエディング・パーティーを開くための正当性を示す大義名分《たいぎめいぶん》が欲しいからだ。

誰かにパーティーを開くことに賛成してほしい。吉野が正しいと認めてほしいと思っているからなのだ。

「すみません、俺……すごく差し出がましいこと、言っちゃって」

「いや、君の言いたいこともよくわかるから」

だけど、いつも不安が一人歩きする。夜の街に一人きりで置き去りにされた子供のように、頼《たよ》りない恐怖が吉野を押《お》し潰《つぶ》そうとする。

佐々木を失う悲しみを、もう二度と味わいたくはない。

別離を宣告されたときの悲嘆《ひたん》が、吉野を必要以上に臆病《おくびょう》にしているのかもしれない。

そうでなければ、こうして男同士の結婚という儀式《ぎしき》に過度の情熱を傾けることもなかっただろう。

「不安なんだ。笑えるだろう、いい年した大人がそんなことばかり言って」

「いえ」

「でも、一度なくしてしまうと怖《こわ》くなる。もう二度と何もかもが元に戻らなくなるんじゃないのかって」

たとえば失われた信頼は、二度と元の形に戻せない。違う形の信頼関係を作り上げていくことでしか、人は人とやり直すことなどできはしないのだ。

物わかりのいい、聞き分けのいい恋人になってあげたかった。

事実、ついこのあいだまではそう思っていたのだ。

そうすれば佐々木が楽になれるのもわかっていた。ひたすらに彼のそばにいて、彼が傷ついたときに慰めてあげられる、大人の優しい恋人になることができたなら。

だけどそれは、今の吉野にはできない相談だった。

「わかります、そういうの。だから俺は……ちょっと、佐々木さんが羨《うらや》ましいです」

「え……？」

「吉野さんが佐々木さんをすごく好きなのが、よくわかるから。誰にも隠す必要がないって思えるくらいに、あの人のことを好きなんですね」

「ただ好きなだけじゃダメなんだよ。だから、パーティーを……」

その言葉を成見は無造作《むぞうさ》に遮《さえぎ》った。

「好きなだけじゃダメですか。恋愛だけじゃダメですか？　その気持ちだけで、どうしていけないんですか？」

問いかける口調は、質問する内容とは裏腹にひどく甘く優しい。

「自分の選んだ相手に愛されて、幸せだと思わない人なんて……きっと、いない」

誰しも迷わずにいられないということは、きっと、成見にも迷うときがあるということだ。彼も眠れぬ夜に悩むことがあるのだろうか。袋小路《ふくろこうじ》のような恋に迷い込み、苦しむことがあるのだろうか。

カウンターの中でいつも静かな微笑《ほほえ》みを浮かべる、この美貌《びぼう》のバーテンダーが恋に惑乱《わくらん》する瞬間があるのならば見てみたい、とそんな感情が吉野の心をよぎる。それをあの仁科は傍《かたわ》らでつぶさに見ているのだろうか。だとすれば、仁科という男はひどく贅沢《ぜいたく》なポジションにいることを許されているのかもしれない。

「ああ……ごめん。忙しいのに、変なこと聞いちゃって」

「俺のほうこそ、すみません。少しでも気持ちが晴れればいいんですけど」

「君のおかげで、少し気分が楽になったよ」

プライベートのときまで愚痴《ぐち》を聞かせちゃってごめん、と吉野は付け足した。

しかし、胸中にわだかまるものが完全に消《き》え失《う》せたわけではない。それどころか、心を灼《や》くのは焦燥《しょうそう》に似た苦い気配だった。

大丈夫だと、誰もが言う。無造作《むぞうさ》な慰撫《いぶ》の言葉を投げかけてくる。

一度離れて元に戻ったなら、まるで双《ふた》つ星《ぼし》のように強い力で引き合っているのなら、もう離れることなんてないからと。

なのに吉野だけが、それを鵜呑《うの》みにできずにいる。元気づけてくれる皆の言葉はありがたいはずなのに、今はそれらが中身のない戯《ざ》れ言《ごと》のようにさえ思えてくるのだ。

仁科のオフィスは、佐々木が暮らすマンションから歩いて十分ほどのところにある。青山通《あおやまどお》りを挟んで北青山と南青山に住所表記が分かれており、仁科のオフィスは南側だった。

空気は昨日よりは蒸《む》していない。それでも肌《はだ》にまとわりつく梅雨時の湿気は不愉快《ふゆかい》なので、佐々木は眉間《みけん》の皺《しわ》を深くした。

約束の時間よりきっかり五分前にビルのエントランスに立った佐々木の前で、りんと音をたててエレベーターの扉が開く。

そこから降りてきた人物は、佐々木の姿を視界に認めて微笑《ほほえ》んだ。

「ああ、ちょうどよかった。そろそろ来る時間だと思ってたんだよ」

仁科の出迎えは不意打ちのもので、覚悟は決まっていたはずなのにペースが摑《つか》めなくなりそうだ。

「どうした?」

「――話がある」

「わかってるよ。用がなければ君は俺との約束なんてしてくれないだろう？　とりあえず、飯でも食いに行こうか」

相変わらず彼自身のペースを崩すことなく、仁科は淡々と言葉を繋《つな》いでいく。さすがに日中は暑いのか、背広を脱いでワイシャツにスラックスという姿だったが、汗《あせ》一つかいていないようだ。

「あんたと一緒《いっしょ》に？」

「そう嫌ってくれるなよ」

苦笑しつつも仁科は「行こう」と佐々木の肩を軽く叩《たた》く。彼に触れられることに予期していた以上の嫌悪《けんお》を抱くことがなかったのは、自分でも意外だった。

目的地はすでに決まっているらしく、彼の足取りは明確なものだ。

「べつに、嫌いなわけじゃない。あんたのことは……その、すごいと思ってる」

佐々木がいつになく素直《すなお》にそう言うと、仁科は一瞬《いっしゅん》、足を止めてこちらを見やった。

認めたくないし、腹は立つが、仁科には才能がある。悔しいことに、それは事実だった。

「――それはどうも」

動揺《どうよう》、だろうか。

仁科から人間的な反応を引き出したことが意外で、佐々木は複雑な感情に満たされた。いつも仁科は悠然《ゆうぜん》と構えていてくれなくては、困る。佐々木のぎこちない揺さぶりになど動じられては、仁科らしくない。彼はいつでも佐々木の敵でなければならないのだ。

「じゃあ、俺のリクエストを聞いてもらおう。『キタヤマ亭《てい》』でいいんだな?」

「……わかった」

商談にはこのうえなく不向きな場所を選ぶことで、仁科が何を狙《ねら》っているかはわからない。しかし、ここで逆らうことは得策ではないだろう。

一時期、佐々木が手伝いをしていたキタヤマ亭は、昼時は常にサラリーマンやOLでにぎわっている。ランチタイムはゆっくりと食事をしている場合ではないが、ここのオムライスやビーフシチューは文字どおり絶品なのだ。

「いらっしゃいませ……って、佐々木さん!」

二人を迎え入れたのは、この店の看板娘の塔子《とうこ》だった。

こういうときに挨拶《あいさつ》さえろくにできない自分が恥《は》ずかしく、佐々木は「久しぶり」とだけ言った。

「本当に久しぶりね。来てくれると思わなかったわ」

オープンキッチンとなった店内で、北山《きたやま》がさも忙しそうに働いている。彼はちらりとこちらを見やって佐々木の姿を認め、ああ、と声をあげた。そのせいで客の視線が自分に集中して、少しだけ恥《は》ずかしかった。だが、中には以前何度も顔を合わせた常連客もいて、佐々木を覚えていたのか、小さく目礼をしてくれる。

立ち込めるブイヨンや、卵が焦《こ》げる匂《にお》い。チキンライスを炒《いた》める音。喧噪《けんそう》を作り出す何もかもが、遠い日のことのように懐《なつ》かしかった。

「ご注文は何にします？」

なみなみと水が注がれたグラスが目の前に置かれ、佐々木は反射的に「オムライス」と返事をしていた。

「俺も、同じものを」

「かしこまりました。オムライス二つですね」

塔子は復唱し、そしてそれを北山に伝える。

北山が料理をするのを真正面で見ながら、佐々木はグラスを口元に運んだ。

「それで、君からデートの誘いっていうのは、どういう風の吹き回しだ？」

「いい加減、あんたに返事しなくちゃいけなかったから」

「なんだ、返事をする気があったのか」

「どういうことだ？」

自分から雨宮の下で働けなんて言っておきながら、じつは佐々木が必要ないとでも言うつもりなのか。

「君のことだから、返事も何もなく絶対に突っぱねると思ったからね」

「あんたの予想を裏切って悪いが、俺は、雨宮の店に行く」

「なるほど。それはありがたい」

佐々木の言葉を聞いても、仁科は悔しいくらいに平静のままだった。

「だけど、それについては条件がある」

せっかく島崎《しまざき》が貴重なアドバイスをくれたのだ。ここで上手《うま》く駆《か》け引《ひ》きをしなくては。

ただプライドを削るためになんて、行くつもりはない。自分に必要なものを手に入れるために、佐々木は雨宮の店に行くのだ。

「じゃあ、聞くだけは聞いておこう」

「――俺は……『レピシエ』を再開させたい」

「それは知っているよ」

「雨宮の店を手伝うのは、軌道《きどう》に乗るまでの三か月だけだ」

「そのあとは？」

「まだ決めてない」

「『エリタージュ』に戻るんじゃないのか？」

改めてそう問い返した仁科は、意外そうな顔つきになった。

「エリタージュは辞《や》める。自分の都合だけで動けば、皆に迷惑《めいわく》がかかる」

「それは、君が店を休むことと辞《や》めることで、どちらのメリットが大きいか考えた結果か？」

「……そうだ」

「ふうん。君にしては案外理性的な判断ができるじゃないか」

揶揄《やゆ》されても、今日ばかりは腹も立たなかった。駆《か》け引《ひ》きをするためには、少しでも冷静じゃなくてはいけない。

「まあ、いいだろう。条件はそれだけか？」

仁科はあっさりとその条件を呑《の》んだが、佐々木の要求にはまだ続きがある。

「それだけじゃない」

「なんだ？」

「レピシエを再開するのに、あんたに金を出してほしい」

再開のために貯金していた金を佐々木が騙《だま》し取《と》られてしまったこともあって、レピシエを再スタートさせるためには、圧倒的に資金が少なかった。それを補うためにどうすればいいか考えたのだが、この不況の時代に小さなレストランの開店に銀行が金を貸してくれるわけがない。とすれば、頼《たよ》れる相手は必然的に絞《しぼ》られてくる。

「——それは、パトロンになってくれってことか？　自分の都合だけで男を乗り換えようとするなんて、ずいぶん節操《せっそう》がないじゃないか」

「違う！」

それは単なる揶揄《やゆ》だと知っていたのに、佐々木は一瞬《いっしゅん》にして気色《けしき》ばんだ。幸い店内は喧噪《けんそう》に包まれていたせいか、その声はほかの客に届かなかったらしい。

「そ、そういうんじゃなくて、あんたに、出資……してほしいんだ」

「そういえば、君も馬鹿《ばか》みたいな投資話に騙《だま》されたクチだったな。金がないのか」

「悪いか」

ぶっきらぼうに言い切って、佐々木はいつしか腿《もも》のあたりで握り締めていた手を開く。冷房の効《き》いた店内だというのに、手にはじっとりと汗《あせ》が滲《にじ》んでいた。

「それにあんたのことはすごいって思ってるって言っただろ！　だからレピシエには……あんたの力が、必要なんだ」

「——君は駆《か》け引《ひ》きが下手だな」

仁科は口元を歪《ゆが》め、皮肉めいた笑《え》みを作る。

「なんだよ……」

「そんなところで本音を言ってどうするんだ。一度駆け引きをすると決めたなら、最後まで貫き通せ」

佐々木が言い返そうとしたとき、「おまちどおさま」という優しい声とともに、オムライスの皿が二つ差し出された。

「いただきます」

佐々木はスプーンを取り上げて、さくっと金色のオムライスにそれを刺した。

途端にふんわりと半熟の卵が破れ、チキンライスの上をとろとろと流れ落ちていく。

それを一匙《さじ》すくって口に運ぶと、バターと卵のやわらかい味が口の中に広がる。コレステロールが気になるくらいに卵をたっぷり使っているのに、そのくせ軽やかなオムライスの味は絶賛に値するだろう。

「本当に、ここのオムライスは絶品だな」

ことことと数日間煮込んだデミグラスソースはまた素晴らしく、オムライスと合わさると芳醇《ほうじゅん》な味わいが口中に満ちる。

「ああ」

佐々木は相槌《あいづち》を打ち、夢中になってオムライスを口に運ぶ。

いつしか、自分がどうしてここに来たのか、その目的すら忘れてしまいそうになる。

「――わかった。君の要求を呑《の》もう」

不意に仁科はそう話を再開し、佐々木を現実へと無造作《むぞうさ》に引き戻した。

「いいのか？」

「なんだ、まさか断ってほしかったのか？」

いつもの悪戯《いたずら》っぽい声は、仁科の独特の余裕と色気に満ちている。

「君がコミとして来てくれる気になったなら、ありがたい話だ。さっそく雨宮に話をつけておくから、いつでも店のほうに行ってくれ」

「わかった」

佐々木は内心ではかなり得意になって、頷《うなず》く。不本意ながらも途中で彼を誉《ほ》めてしまったものの、この仁科を相手に堂々と渡り合えたことが、嬉《うれ》しくてならなかった。

しかし、仁科としても佐々木にペースを摑《つか》まれたままでいるつもりはなかったらしい。

「バンビちゃんも張り切ってるよ。店の制服のことも、彼の意見がけっこう入ってる」

如月《きさらぎ》の可愛《かわい》らしすぎるニックネームを出されて、佐々木はびくりと肩を震わせた。

情けない。これくらいの揺さぶりで自制心を失うなんて。

だが、心臓がきゅうっと痛くなり、佐々木は思わず口を噤《つぐ》んだ。

「まだまだ、だな」

からかうような声音が、よけいに腹立たしい。

「うるさい」

「さっきも言ったが、君は駆《か》け引《ひ》きには向かない。汚れ仕事は吉野にでも任せておけ」

「そんなこと、できるはずがないだろう」

「少なくともあいつのほうが向いているよ。まあ、worseかworstかの違いだけどね」

だめ押しの一言で佐々木を突き落とし、仁科はにやりと笑った。

4

腕の中でとろとろと微睡《まどろ》む恋人の姿を見るのは、吉野《よしの》にとっては至福とも言える一瞬《いっしゅん》だ。

こんな広いベッドにいるのに、自分たち二人は寄り添い合って眠らずにはいられない。ぴったりと身体《からだ》をくっつけ合って寝ているほうが、安心できる。十二分に大きなベッドであるというのに、ずいぶんと非効率的だ。

もちろん肌《はだ》を合わせることも直截《ちょくせつ》な快楽と幸福に導くが、それと同等に、大切な人をこうして繭《まゆ》のようにあたたかな場所で見守ることができるのも嬉《うれ》しいものだ。

たとえどれほど行き違いがあっても、最後にはこうして身を寄せ合うことができる。

その事実があれば、多少の行き違いには目をつぶることができた。

朝の穏やかな静寂《せいじゃく》を打ち破ったのは、枕元《まくらもと》に置いた目覚まし時計の無粋《ぶすい》な騒音だった。

「ん……」

寝返りを打とうとした佐々木《ささき》が、のろのろと目を開ける。そして、吉野の顔を見上げた。

「——今、何時？」

「おはよ、千冬《ちふゆ》。まだ六時だよ」

「……そっか」

「もう少し寝てても大丈夫なんでしょ？」

「うん」

吉野が顔を洗ってから再び着替えのために寝室へと戻ると、佐々木はまだ居心地が悪そうにもぞもぞと動いている。

「どうしたの？　緊張して眠れない？」

悪戯《いたずら》っぽく尋《たず》ねてやると、佐々木は「何が」とでも言いたげに首を傾《かし》げた。

「だって、今日は雨宮《あめみや》さんのところに挨拶《あいさつ》に行くんでしょう」

「べつに、それくらい」

「どうってことない？」

吉野はそう呟《つぶや》き、身を屈《かが》めて佐々木の額《ひたい》のあたりにそっと唇《くちびる》を寄せる。

「何……？」

「頑張《がんば》れる、おまじない」

残念ながら今日はホテルで定例の朝食会があり、そこでひとしきりレクチャーをしてこなくてはいけない。

「もう行くのか」

佐々木はそう言って、自分もまた起き上がろうとした。

「まだ寝てて」

「でも、飯を」

「大丈夫だよ。ほら、今日は朝食会だから、食事はいらないんだ」

そうか、と佐々木は淋《さび》しげに呟《つぶや》いた。

キスだけではなく、さらに彼を勇気づける言葉が必要だろうか。吉野はそう考えたが、その発想を急いで打ち消した。

佐々木は強くなろうとしているのだ。成長しようと願っている。

吉野が甘やかせば、彼が伸びやかに進んでいくのを阻《はば》むことになる。それだけは、決して許されない。だいたいそんなことをすれば、元《もと》の木阿弥《もくあみ》だ。

その代わり自分も、当分ウエディング・パーティーの話や個人的な悩みは黙っておこう。相手の相談にも乗れないくせに、自分だけが要求を通そうとするなんて、アンフェアな気がする。

もっとも、だからといってその計画を凍結するわけではなく、実現に向けて動いてしまおうというのがこのうえなく自分らしい。

目に見える形で約束したいだけだ。

もう永遠に離れないと。そして、佐々木もまた自分から離れたりしないのだと。

「おやすみ」

それには応《こた》えず、佐々木が手を伸ばして吉野のパジャマの裾《すそ》を摑《つか》む。行ってほしくないとでも言いたげな甘えた仕草に、心が少しだけ和んだ。

「千冬……」

ベッドサイドに軽く腰掛けて身を屈《かが》めると、彼のこめかみにそっと唇《くちびる》を押し当てる。くすぐったそうに身を竦《すく》めるその姿さえも、吉野には一枚の絵のように見える。

「睦《むつみ》くんに会えたら、よろしく伝えてくれる？」

言ってしまってから今の言葉は何か不味《まず》かったかな、とも思ったが、佐々木は深追いせずに頷《うなず》く。

「愛してるよ」

今は、それを囁《ささや》くだけにとどめよう。

ただ彼が幸福な夢を見られるよう。幸福に溺《おぼ》れられるよう。

愛しているから、佐々木が傷つく姿を見たくない。

だけど、愛しているからこそ、ただ黙って見守らねばならぬときもある。

ここでだいぶ時間をくってしまったと、吉野は慌《あわ》ててキッチンへと向かう。なるべく急いで、会場となっているホテルへ向かわねばならなかった。

佐々木が起き出したのは、吉野が出かけてから約二時間後のことだ。吉野がもう一度目覚まし時計を合わせておいてくれたらしく、きっかり八時にベルが鳴った。

「ん……」

ばしっと時計を叩《たた》いてベルを止め、佐々木はうーんと伸びをする。覚悟を決めてばさっとカーテンを開けると、憎らしくなるほど眩《まぶ》しい陽射《ひざ》しが部屋の中に差し込んできた。

挨拶《あいさつ》という名目だったが、何か手伝うこともあるかもしれない。持ち物は着替え一式とエプロン、厨房《ちゅうぼう》で使うタオルと砥石《といし》があれば充分だろう。どうせTシャツにジーンズというういつものようなカジュアルすぎるくらいに簡単なスタイルで行くつもりだったし、気を遣《つか》うようなことはない。

朝食はトーストで事足りる。もっとしっかり食べたかったが、支度していたら間に合わなくなりそうだ。

ばしゃばしゃと顔を洗って、鏡の中の自分を見つめる。

——怖《こわ》い、顔……。

これじゃ客商売に向いてないと言われるのも、当然だ。雨宮も素っ気なくあまり表情を変えないのだが、それでも佐々木よりは柔和《にゅうわ》に見えるだけマシというものだろう。

ダイニングに行くと、コーヒーメーカーの中には一人分のコーヒーが残されており、トーストのための皿やフォークもきちんとセットされている。レタスをちぎっただけのサラダも用意されていた。

吉野は朝食会だと言ったくせに。

「……馬鹿《ばか》だな」

そんなふうに気を回してくれるところも、いかにも彼らしい優しさだ。忙しかっただろうに遅刻はしなかったのかと、かえってそちらのほうが心配になってくる。

それでも吉野の厚意に甘えて食事を終えた佐々木は、身繕《みづくろ》いを終えると九時前には家を飛び出していた。

雨宮の店の名前は、まだ聞いていない。きっと小洒落《こじゃれ》た名前でも仁科がひねり出そうとしているのだろう。

メニューは店の企画の段階でおおかた決まってしまったと仁科も話していたし、することといえば雨宮の味とレシピを覚えることだ。だけど、コミとして働かねばならないのなら、少しでも早く店の空気やスタッフに馴染《なじ》む必要があった。

表参道《おもてさんどう》から銀座《ぎんざ》へは地下鉄銀座線で一本で、通うのは『エリタージュ』並みに楽だ。以前如月《きさらぎ》と歩いた道は、ずいぶんと記憶が危うくなっていたが、それでもほとんど迷うことなく店にたどり着くことができた。

佐々木が早足で店の前に向かうと、ちょうど、裏口の鍵《かぎ》を開ける雨宮が見えた。

「──雨宮さん」

遠慮《えんりょ》がちに声をかけると、彼が顔を上げる。そして、「おはようございます」と抑揚《よくよう》のない口調で言った。

「今日からよろしくお願いします」

「こちらこそ」

雨宮はわずかに口元を綻《ほころ》ばせると、裏口の扉を開ける。初めて見る厨房《ちゅうぼう》の設備は整っていたが、どれもあまり新しくないことが意外だった。

エリタージュ開店のときは、ぴかぴかの調理設備が眩《まぶ》しいくらいだったのに。

「何か？」

「あ、いや……その、設備があまり、新しくないから」

「以前からこの店にあったものをメンテナンスして、あとはリサイクルショップで購入しました。使えるものを捨てるのも、もったいないでしょう」

彼の言い分には一理ある。合理的なこともするのだな、と佐々木は変なところで感心していた。

「ほかのスタッフは？」

「いちおう、普段は九時出勤にするつもりですが、今日は十時出勤と話してあるので、もうすぐ来ます。その前に、ざっと店の中を案内しておきます」

雨宮は淡々と告げた。

「わざわざ、悪い」

「これくらい当然です。ほかのスタッフは、もうひととおりのことは知ってますから」

裏口と、事務室兼ロッカールーム。キッチン。二階建てになっているフロア。改修を施《ほどこ》しただけあって、設備を除けば新しい店と言っても遜色《そんしょく》のない清潔さだ。

床にはグレイのタイルが張られていたが、それも暗すぎずにちょうどいい。壁はしっくいと煉瓦《れんが》でまとめられており、店内のムードは落ち着いている。家具はシンプルな木製の椅子《いす》とテーブルで、カントリースタイルの農家を思い起こさせた。

ここに鮮やかな色合いのテーブルクロスをかけ、一輪挿《いちりんざ》しでも飾れば、さぞや心の和む空間ができることだろう。

「一階は四十席で、当分は使いませんが……二階は二十四席です。ランチタイムの目標は二回転、夜は一回転で充分だと思っています」

「で、あの……メニュー、とかは？」

「うちのメニューはプリフィクス・スタイルなので簡単ですよ」

雨宮はそう告げる。

「プリフィクス……」

「ええ。ランチは肉か魚のコースだけですし、夜もアラカルトはそう多く設定していません。その代わり、夕食には〝シェフにお任せ〟というコースがあります」

雨宮はふと表情を和ませて、それからカウンターに置いてあったワープロ打ちされたメニューを差し出す。

「ちゃんとしたメニューが仕上がってくるのが、今日の午後なのですが……」

ランチはコースのみ。だが、前菜はサラダかスープを選べるし、メインもローストチキンか魚のグリルを選ぶことができる。食後にはデセールがつき、紅茶かコーヒーを選んで千五百円。原価率と家賃、それから人件費を考えれば妥当な線か。

〝本日の魚料理〟というところには、「築地《つきじ》より直送」と書き添えてあり、きっとこちらのほうが人気を呼ぶことだろう。魚料理であれば、エリタージュでポワソニエまで務めている佐々木にも活躍のチャンスがある。しかし、それを自ら言いだすのは分不相応というものだろう。

佐々木が要求されている役割は、ただの見習いなのだ。

そう思うと、自分でも呆《あき》れてしまうほどに気持ちが沈んできた。

まるで心臓に重い石でもくくりつけられたような感覚に。

「シェフに任せていただくコースは、ギャルソンの力もだいぶ要求されますが、お客様と相談しながら、メニューを組み立てることになります」

「それを睦に任せるのか」

「睦……ああ、如月さんですね？　ええ、そうです」

なぜか雨宮は如月を気に入っているらしく、その能力を買っている。この店に如月を呼んだのも、雨宮の強い要望があったせいだという。

「如月さんには、開店の二日前ですから、来週に入っていただくことになっています。『リストランテ高橋《たかはし》』の引き継ぎがあるそうなので」

「そうか……」

今日は如月に会えると思ったのだが、そうではないようだ。それが、至極残念だった。

「魚は築地からで、肉と野菜は？」

「それぞれ出入りの業者がいます。仁科《にしな》さんの経営するほかの店と一括で仕入れることになっているので、割安になります」

「ふうん……」

仁科のようにたくさんの店を持つと、そういうメリットもあるのだろう。『カルミネ』

やリストランテ高橋など、仁科が経営にタッチする店を合わせれば相当な取引量だ。その中でも高級な食材を使うエリタージュは、おそらく特別扱いだったのだろう。

「では、本日はまずメニューのおさらいと調理をしましょう」

「わかった。――いや、わかりました」

自分がコミである以上は、上司でシェフでもある雨宮には絶対に服従だ。

その原則だけは守らねばならないのだ。だとしたら、彼に対してもできるだけ丁寧《ていねい》な態度で接しなくてはいけない。

たいして年が違わないであろうこの男に唯々諾々《いいだくだく》と従うことに自分がどこまで我慢できるのかなんて、わからない。

でもそこで我慢していかなければ、何一つ変わらない。

いや、我慢なんて思っちゃダメだ。現実を受《う》け容《い》れて、そこから何かを学ばなくては自分は変われない。『レピシエ』をもう一度取り戻すための力なんて、生まれないままだ。

立ち尽くす佐々木の気持ちを知ってか知らずか、雨宮は鷹揚《おうよう》に口を開いた。

「そうだ、今度一緒《いっしょ》に魚の仕入れに行きませんか」

「仕入れ？」

ざわっと心が騒ぐ。

エリタージュの仕入れはいつも出入りの魚屋に任せており、その日入荷したもので状態がいいものを島崎《しまざき》が選ぶ。

「築地は新鮮でいい食材が、安く手に入ります。勉強になるんじゃないですか」

ここから築地までだったら、車で行けば十五分とかからない。築地で仕入れるというのも、きわめてわかりやすい選択だった。

「行く……じゃない、行かせてください」

一も二もなく、佐々木はその意見に飛びついた。

「だったら、朝は汚れてもいい格好《かっこう》でお願いします。あとは、長靴《ながぐつ》が必要ですね」

「はい」

こうして開店の準備をしていると、あの懐《なつ》かしい日々を思い出してしまう。

心を浮き立たせながら準備した、レピシエ。

あの店がずっとずっと続くと思っていた。信じていた。いつか二号店を出したいとか、雑誌で紹介されたいとか、浮ついた都合のいい夢ばかり見ていた。

その大それた願いはついぞ叶《かな》わなかったのだが、自分はまだ夢の欠片《かけら》を大切に持っている。なくしたり、しない。

「雨宮さーん、おはようございます！」

間延びした声が聞こえてきて、佐々木はそちらに振り返る。

「あれ、新しい人ですか？」

「はい。今日からコミとしていろいろ担当《たんとう》してくれる、佐々木さんです」

体型的にはやや小太りの青年は「田辺正《たなべただし》です」と名乗り、中肉中背、これといって特徴のないのっぺりとした顔つきの青年は「内倉浩一《うちくらこういち》です」と軽く目礼をする。

「佐々木千冬です。よろしくお願いします」

そう名乗ると、佐々木は深々と頭を下げた。

新しい職場で新しい人間関係を作るのが、佐々木はあまり得意ではない。しかしここで後込《しりご》みしていては、何も変わらない。何一つ変えることができないのだ。

「あーあ……」

景気の悪いため息とともに、吉野は空を見上げる。茜色《あかねいろ》に染まった空は美しいが、秋の気配にはほど遠い。

仕事を早く切り上げてみたところで恋人が家にいるわけでもなし、退屈《たいくつ》しのぎに何か映画でも見に行こうか。とはいえ平日の夜に一人で映画を見るなんてそれはそれでわびしいものだと、ますます惨《みじ》めな気分になってくる。

ちょうどオープンしたばかりの仁科と雨宮の店『ラ・プリュイ』に出かけてもいいのだが、それはまだ時期尚早《じきしょうそう》の気がする。あと一週間くらい待ったほうがいいだろう。

「ラ・プリュイ」とはフランス語で「雨」のことだ。仁科はもう少し大仰《おおぎょう》な名称を考えていたらしいのだが、さすがにビストロには大袈裟《おおげさ》なものはそぐわないと、雨宮が却下《きゃっか》したのだという。

今はとにかく店に慣れることが先決で、佐々木は気を張った日々を送っているようだ。それを考えると彼に触れることも躊躇《ためら》われ、気づけば禁欲的な生活を送っている。淋《さび》しい、と考えるのはいけないことだろうか。

佐々木が一歩前に進むごとに、吉野はいつもこんな寂寞《せきばく》とした感情に駆《か》られる。自分一人が取り残されているような気がして、時々彼がたまらなく羨《うらや》ましくなる。嫉妬《しっと》――しているのだろうか。

吉野を取り残し、その愛で雁字搦《がんじがら》めに縛《しば》りつけておきながら、一人で羽ばたいていこうとする彼のことを。

「吉野」

そんな隙《すき》だらけのところに、ふと聞き慣れた声が頭上から降ってきた。

急いで顔を上げると、階段の上がり口のところに仁科が立っている。ここで立ち止まれば道行く人の邪魔《じゃま》になると判断したのか、仁科は下りかけた階段を引き返し、歩道の際《きわ》で吉野を待ち受けていた。

「仁科さん。久しぶりですね」

このごろは『アンビエンテ』で彼を見かけることもなかったし、忙しくしていたのか。

「ああ、少し仕事が詰まっていてね。君も不景気な面《つら》をしてるじゃないか」

そういえば若干《じゃっかん》の疲労を帯びているのか、わずかに痩《や》せてしまったかもしれない。だが、それは仁科という雄《おす》の宿す色気をいや増すものにすら見え、吉野はどきりとした。

「愛《いと》しの千冬の手料理が、なかなか食べられないものですから」

「会うなりのろけとは、さすがに強烈《きょうれつ》だな」

「失礼しました。それと、ラ・プリュイ開店、おめでとうございます」

「ありがとう。おかげで滑り出しはまずまずだ。もう行ってみたのか？」

「いえ、まだです。千冬の許可を取っていないので」

「相変わらずの甘ちゃんだな」

仁科はくっと喉《のど》を鳴らして笑うと、吉野の肩を軽く叩《たた》く。

「暇なら飯でもどうだ？」

「いいですね。俺もちょうど、仁科さんに用事があったんです」

「俺に用？　珍しいな。佐々木くんのことか？」

「似たようなものです」

「そうか。まあ、ちょうどいい。俺も君に話があるんだ」

仁科は楽しげに言うと、「何がいい？」と重ねて聞いてきた。

「何か食べたいものがあれば、合わせるよ」

「そうですね……。うーん、蕎麦《そば》とか食べたいですね」

「渋いな」

佐々木と一緒《いっしょ》にいると洋食のことが多くなるため、必然的に外では和食を多く食べることになる。そうでなければ胃が疲れてしまうからだ。

「そういう気分なんです。蕎麦を食べながら日本酒っていうのも、乙《おつ》なものでしょう」

「乙というよりだいぶ親爺《おやじ》くさいな。君も年を取るわけだ」

「俺が年を取っているのなら、仁科さんだって同じことです」

老《ふ》けたと言われたことに反論をしたが、彼は涼《すず》しい顔をしたままだった。

「俺は、年を取ることにはべつになんのこだわりもない。若さに執着《しゅうちゃく》するのは、日本人のよくない傾向だよ」

まさに口が減らない男は、吉野の言葉をばっさりと切り捨てる。

「蕎麦なら、いい店があるんだ。明治神宮《めいじじんぐう》の近くなんだけど、歩くぶんにはかまわないだろう？」

「いいですね」

「ああ、最初に断っておくが、痴話喧嘩《ちわげんか》の仲裁《ちゅうさい》や相談はよしてくれ」

だめ押しをされて、吉野は明らかにむくれた。我ながら大人げないと思うのだが、仁科の前での自分は年下の子供扱いだ。たぶん、彼は自分と成見《なるみ》を同列の精神年齢としか扱っていないのだろう。

「そんなこと、一度も頼《たの》んでないでしょう」

「これからも頼まないとは限らない」

本当に、仁科といると調子が狂う。彼は他人をどうすれば自分のペースに巻き込めるのか、きっと知り尽くしているのだろう。その巧《たく》みな話術の前には、吉野としても巻き込まれざるをえない。

「俺は単に、式を挙《あ》げたいんです」

「葬式か？」

「違いますよ。式っていえば、結婚式でしょう」

「俺と？」

「――成見くんと同じ切り返しをしないでください！」

業《ごう》を煮やした吉野が声をあげると、仁科は「俺は智彰《ともあき》と同レベルか」とちょっと憮然《ぶぜん》としたような顔つきになった。

「とにかく、俺は千冬とのウエディング・パーティーを開きたいんです。それで、仁科さんの意見を参考に聞きたいと思って」

「なるほど。好きなときだけ俺を利用しようというわけだ。君も冷たい男だな」

「どうしてですか」

「普段は俺のことを敵視してるくせに、こういうときだけ擦り寄ってくる」

「べつに俺は、あなたのことを敵視なんてしてません」

「じゃ、俺のことは好きなのか？」

「それは、もちろん……その……」

好き、というのとは少し違う気がする。吉野は仁科の能力を認めてはいるが、人格的にはとても尊敬できる相手でないと思っている。

だが、彼を憎みきることはできないのだ。

「まあ、男二人のウエディング・パーティーっていうのも、面白《おもしろ》そうだな」

「面白いとか面白くないっていう問題ですか？」

「俺にとってはね。だが、佐々木くんはどうなんだ？　そんな派手《はで》……というか馬鹿《ばか》な真似《まね》をしたら、絶縁されるんじゃないのか」

「そこなんですよ、ネックは」

吉野は深々とため息をついた。

プロポーズという、言葉遊びの範疇《はんちゅう》でとどめておけなかった自分が悪いのか。

「おい、吉野」

ふと気づけば、仁科は一軒の店の前で立ち止まっている。「蕎麦処《そばどころ》」と書かれた店の看《かん》板《ばん》を指し、「ここだよ」と告げた。

からりと店の戸を開けると、「いらっしゃいませ」という気《き》っ風《ぷ》のいい声が出迎える。

二人掛けのテーブル席が空《あ》いていたため、狭い店内のその場所に案内された。

とりあえず生ビールでいくかと思ったのだが、仁科は先に日本酒を頼《たの》む。ならばそれもよかろうと、吉野もそれに合わせた。

「蕎麦屋《そばや》もずいぶん久しぶりです」

「ここは掻《か》き揚《あ》げが旨《うま》いんだ。特にエビが入ったやつがいい」

仁科は至極上機嫌で掻き揚げを二枚頼み、運ばれてきた冷や酒を猪口《ちょこ》に注《つ》いだ。

「それで、パーティーがどうしたって？」

「俺はやりたいけど、賛成してくれる人がいなくて」

「ま、それはそうだろうな。佐々木くんが承諾したら、天変地異の前触れだ」

「仁科さんもそう思いますか」

「でも、結婚しようっていうのなら、相手の気持ちを無視するわけにもいかないだろう。本決まりになったら俺にも手伝えることはあるだろうし、そのときに改めて相談すればいい」

「……あなたが優しいのも、少し気持ち悪いな」

「なんだ、人に相談しておいて失礼な男だな」

仁科はくすりと笑った。

「まあ、いい。俺としても魂胆《こんたん》がないわけじゃないんだ」

「やっぱり」

「じつは、うちのオフィスもそろそろ仕事の内容が多くなってきただろう。思い切って、コンサルティング部門とレストラン経営部門を分けて別会社にしようと思っているんだ」

「ずいぶんと景気のいい話ですね」

それが吉野の素直《すなお》な感想だった。

「ありがとう。それで、コンサルティング部門に、君の力を借りたいと思っている」

「俺の力を……？」

思わずそのまま問うと、さも機嫌のよさそうな仁科の声が戻ってきた。

「うん。もし受けてくれるのなら、君にとっても悪くないよう、条件を整えるつもりだ」

「それは、俺に今の事務所を畳《たた》めって言ってるんですか？」

刺々《とげとげ》しい声で返してみたが、仁科は平然としたものだった。

「そのあたりは任せるが、俺としては専念してくれたほうがありがたいな」

「冗談《じょうだん》でしょう」

即座にそんな言葉が口をついて出てきた。

「冗談でこんな提案ができるわけがない。君だって料理の仕事に関《かか》われば、それなりに佐々木くんと共通点ができるだろう？　ちょうどいいんじゃないか？」

お断りだ、と言おうと思って、吉野は躊躇《ためら》った。

仁科の誘いを受けるということは、料理の世界に自分も足を踏み入れるということだ。そうであれば、佐々木に一歩だけ、近づける気もする。

「君の事務所も、経営はどうなんだ？」

「それは……その、日本経済だってこのご時世ですし」

「大企業も倒産する時代だ。特に、君のオフィスみたいなところは大変だろう？　これからますます先細りじゃないのか？」

声音には幾分の揶揄《やゆ》が込められていたが、それはまた事実でもあった。

「だからって、仁科さんの仕事を手伝ったって安定してるとは限らないでしょう」

「だが、食欲は人間の三大欲求の一つだ。商売としては安定していると思うよ」

「……なるほど」

仁科のことだから、吉野さえその気になればきちんとお膳立《ぜんだ》てをしてくれるだろう。

吉野も仕事を変えるという大義名分《たいぎめいぶん》のもと、佐々木のそばに行くことができる。

交渉次第では有能な緑《みどり》を連れていくことはできるだろうし、原田《はらだ》は大手の外資系に転職させる。そうすれば、自分もまた新しい仕事に旅立てるかもしれない。

だが。

安易な道を示され、それはありがたい、とそのルートに乗ることができるだろうか。

小さな会社だとはいえ、いちおうは収益が上がっている。曲がりなりにも一国一城の主《あるじ》だというのに、それを他人の甘言に惑《まど》わされて捨てるわけにはいかない。

それこそ吉野のプライドとか沽券《こけん》に関《かか》わる問題だ。

「まあ、とにかく。俺としては君の能力を買って、一緒《いっしょ》に仕事をしたいと思っているわけだ。それくらいはわかってくれるだろう？」

そこで運ばれてきた搔《か》き揚《あ》げを、仁科は吉野にも勧める。箸《はし》で取り分けて一口食べると、さくっとした衣を嚙《か》んだ瞬間にじわっと油と付け汁の味が染《し》みてくる。

「あなたは……どうせ千冬を苦しめたいだけでしょう」

「それこそ心外だ。いくら俺でも、才能ある料理人をつぶすような真似《まね》はしないよ」

苦い感情に心が満たされかけ、吉野はそれをビールで流し込もうとした。胃の奥がひくりと動いた気がするのは、なぜなのか。

「——今すぐに答えろっていうことですか？」

「迷ってくれるということは、俺の提案にも魅力《みりょく》があるということだろう？　嬉《うれ》しいね」

含み笑いが鼓膜《こまく》を打つ。

「嬉しいですか？」

「ああ。一度、君と一緒に仕事がしてみたかった。君は充分に魅力的だよ」

こちらを見つめる仁科の瞳《ひとみ》が思いのほか真剣で、吉野はそれにたじろぐ。嫌《いや》な男だ。こうして他人を混乱させることを楽しんでいるのだ。

「そういうことは女性に言えばいいのに」

「君に言うから面白《おもしろ》いんだろう」

そもそも仁科と事業をやるなんて……考えたこともなかった。

これまでもあれこれと仁科に頼《たの》まれた仕事を引き受けてはきたが、事業として本格的に関《かか》わってほしいと言われたのはこれが初めてだ。

「だいたい、結婚したいなんて言いだすこと自体、君が自信をなくしてる証拠《しょうこ》だ。俺の仕事をすれば、もっと佐々木くんに近いポジションにいられるだろう」

「それはただの詭弁《きべん》です。ただ近づいたって……むやみに近づいたって、意味がない」

確かにそれは、目先の変わった面白《おもしろ》い提案であることに変わりはない。

どんな形でもいいから、佐々木のそばにいたい——常にそう願う吉野の心を見透かしたような。

自分が料理に関わったら、佐々木はどう思うだろう。会社を投げ出してしまえば、無責任だと詰《なじ》るだろうか。だが、以前に手伝った牧田《まきた》のビストロのときとは状況が違うし、少しでも嬉《うれ》しいと思ってくれるかもしれない。

「とりあえず、まだ時間はある。ちょっとくらい考えてくれたっていいだろう？」

「いくら考えたって同じ気はしますが」

「いや、君は優柔不断だからね。俺の提案のことを魅力的《みりょくてき》だと思ってるに決まってる」

「決めつけてくれますね」

この男にどこまで見透かされているのだろうか、と吉野はわずかに不快感を覚えた。

そしてこうも簡単に見透かされるほどに自分は揺れているのかとも思う。

自分は佐々木に必要とされているのか。愛されているのか。存在を望まれているのか。

彼が立派《りっぱ》な料理人になるのを見守るのが吉野の務めであるが、一方で、佐々木と肩を並べて歩いていければ、と欲をかきそうになる。支え合って生きていくための方策が欲しい。置いていかれることに不安になるのはもうたくさんだ。

「とりあえず、考えることは無駄《むだ》じゃないだろう」

「この件に限って言えば、無駄ですよ」

この世の中に愛がひとつだけなら、よかった。

生涯に一人の人間しか愛せずに、もう二度と離れないという魔法《まほう》があればよかった。

そうすれば、その魔法をお互いにかけて。

片時も離れないことだけを誓うのに。愛し続けるのに。

5

朝五時半ちょうどに目覚まし時計が鳴り、佐々木《ささき》はのろのろと身を起こす。吉野《よしの》が起きてしまう前に時計を止め、ベッドから抜け出した。

「ん……」

ぴくりと彼が身じろぎをしたので、起こしてしまったのではないかと不安になる。だが、それは杞憂《きゆう》にすぎなかったようだ。

ほっと胸をなで下ろし、佐々木は眠る吉野の顔を見下ろした。

相変わらず見惚《みと》れてしまうほどの美貌《びぼう》の持ち主だ。しかし、働きすぎて疲れているのか、少し肌《はだ》がくすんでいる気がする。この週末は美味《おい》しいものを食べさせてあげたほうが、いいかもしれない。

朝六時に家を出て、夜は零時近くに帰るという生活を送っているためか、このごろは吉野とは夜しか顔を合わせないことが多い。

愚痴《ぐち》ったり弱音を吐くつもりはないのだが、直接的な会話などなくても、吉野のそばにいるだけで安心できる。

だから、丸一日一緒《いっしょ》にいられる明日の日曜日が、待ち遠しくてたまらなかった。洗顔と着替えをすませた佐々木は、手早く朝食の支度を調える。家を出る前にもう一度吉野の寝顔を見てから、部屋を飛び出した。

表参道《おもてさんどう》から銀座《ぎんざ》までは地下鉄で一本だし、銀座駅で降りれば、一番近い出口から『ラ・プリュイ』までは徒歩で数分だ。

表通りよりは一本入った路地にあるのだが、このあたりは飲食店や会社が多くてにぎわっているため、目立たないということもない。その証拠《しょうこ》に、オープンして一週間が経過したが、ランチタイムは特に順調で、ディナータイムの客の入りも良かった。

ポケットに放《ほう》り込《こ》んだ鍵《かぎ》は雨宮《あめみや》に預かったもので、佐々木は店への道を急いだ。

まだ銀座の街は、動きだしてはいない。自転車に乗った中年の男性が傍《かたわ》らを走り抜けていくのを見ながら、彼も築地《つきじ》へ行くのかな、と佐々木は思った。

店に着くと最初に窓を開けて換気し、エプロンを身につける。食材のうち、一番最初に片づけておきたいのが付け合わせに使う野菜の処理だった。佐々木が下処理しておくべき材料はたくさんあり、できることからすませるに限る。七時過ぎには雨宮が来て、二人で築地まで仕入れに行く。それまでに、少しでも仕事を片づけておきたかった。

佐々木は器用な手つきでジャガイモの皮をむき、形を整えていく。

こうして単純な作業をしていると、頭の中が少しずつクリアになってくるようだ。そうすると、自然と頭に浮かぶのは吉野のことだった。

最近、吉野との会話がとみに減った気がする。彼の父の具合はどうなのだろう。彼はその話題を意図して口に出さないようにしているみたいだ。何か理由があるのだろうかと考えてみても、原因に心当たりがない。だからよけいに心配だった。

もっと簡単に、たとえば貝をグリルするときみたいに人の気持ちもわかればいいのに。時間が来ればぱっくりと開く貝の口のように、人の心も時が経《た》てばすぐに理解できるものなら、いい。

それができないから、自分たちは言葉を遣い、指先と唇《くちびる》を使って感情を確かめ合う。キスをするだけじゃ思いは伝わらないなんて、人間はずいぶん不便な生き物だ。吉野のことを好きだという感情は伝わるかもしれないが、ニュアンスまでは届けられない。

「ふう……」

佐々木はとんとんと右手で肩を叩《たた》きながら、思わず自分の頰《ほお》に手の甲で触れる。馬鹿《ばか》なことを考えたら、羞《は》じらいに頰が熱くなってきた気がした。

それにしても、この大量のジャガイモときたら、毎日毎日嫌《いや》になってしまう。しかし、こうして早めに出勤して下ごしらえをすませておけば、それだけほかの作業に時間を回すことができる。コミの仕事はそうでなくとも馬鹿《ばか》みたいに多いのだから。

コミの仕事なんて、専門学校を卒業してすぐに修業をしていたころと、『エリタージュ』に勤務し始めたとき以来だったため、手順を思い出すまでずいぶんと時間がかかった。

いかに作業の効率をよくするか。厨房《ちゅうぼう》を円滑《えんかつ》に動かす歯車となるか。

ただの下働きではなく、コミという仕事にはそんな大事な役割があるのだと思う。

頭ではわかってはいるのだが、それを実行に移せないのが、自分の悪いところだ。プライドが高すぎるのも考えものだと自分では思っているのに、これぱかりはどうしようもない。

店の連中は誰もが自分よりも若く、雨宮だけが佐々木よりも年上だった。人望のあるリーダーといったところなのか、スタッフが雨宮を尊敬しているのはよくわかる。フロアスタッフの一人も雨宮を慕ってやってきた『セレブリテ』時代からの同僚《どうりょう》なのだという。

自分にないのは、雨宮のような人望だ。そう思えばこそ、胸の奥がちりりと焦《こ》げるような嫌《いや》な感触を覚えた。

ようやく今日必要なジャガイモの量の半分を下ごしらえしたところで、「おはようございます」と頭上から声をかけられる。ふと顔を上げれば、そこには雨宮が立っていた。

「あ……おはようございます」

「下ごしらえの途中なら、仕入れは一人で行きますが」

「もう、大丈夫、です。残りはあとでできるし」

一言一言を区切るようにして、佐々木はそう告げた。

築地までは車で行けばすぐなので苦にならないし、自分がこんなに早くにやって来て下ごしらえをしていたのは、仕入れに同行したかったからだ。

「じゃ、行きましょう」

築地の場内市場の人出のピークは朝の八時前後で、雨宮も七時半頃から一時間かけて市場を回る。なるべく安くて新鮮な魚を見つけようとしているらしく、そんな作業さえも目新しかった。エリタージュのように業者と契約することもできるのだが、銀座といういい立地にあるのだからと、雨宮も譲らなかった。

そのこだわりもあってか、今のところ、この店の滑り出しは順調だった。開店して一週間で判断するのは浅慮《せんりょ》だろうが、昼も夜も客が途切れるということがない。

仁科のオフィスの力もあって最初から雑誌の取材は相次いでおり、宣伝には事欠かない。佐々木の知り合いである滝川《たきがわ》亮子《りょうこ》も訪れ、ここに佐々木がいることに驚いていたくらいだ。

何よりも味がいい。新し物好きの層が飛びつくのは道理だろうが、むろん、この人気ぶりはそれだけではないと思う。恵まれたスタートを切ったのには、雨宮自身の実力がものをいっているのだろう。

特に混雑しているのはランチタイムだ。たまにはちょっと贅沢《ぜいたく》なものを食べたいと思っているOLや、観劇や買い物の合間に訪れる女性たちなど、休む暇などないほどだ。夜もだいたいは一・五回転するため、ほぼ例外なく一回転で終わるエリタージュの忙しさとは比較にならない。おまけにスタッフの絶対数が違う。見習いというより下働きに近い佐々木以外には、雨宮を含めた三人の料理人がいるだけだ。もとより小さな店であるため、厳密な立場の差や仕事の区分はない。

エリタージュは多くのスタッフの手で手間暇かけたサービスが売りだったが、この店では徹底したコストダウンが行われている。

キッチンもフロアも人数は最低限で、これがプリフィクス・メニューでなければ今頃誰か倒れていたに違いない。

佐々木は雨宮の運転する業務用のバンに乗って、築地へと向かう。中古で安く手に入れたというバンの乗り心地はいまひとつだったが、雨宮は文句一つ言ったことがない。

新しい店とはいえ、店内は徹底的にコストダウンがされている。たとえば、調理器具の大半はリサイクルショップから格安で購入したものだ。什器《じゅうき》類も同様で、雨宮が美大出の友人にアンティークっぽく仕上げてもらったのだという。

「じゃあ、行きましょうか」

駐車場に車を停《と》めて出ていくと、不景気で一時より人出が減ったというが、さすがにこの時間であれば混《こ》んでいる。

「今日はエビがいいみたいですね。手長エビ」

のんびりと雨宮がそう言ったので、佐々木は店頭に目を向けた。

「あ……ホントだ」

途端に、生きのよさそうな手長エビが視界に飛び込んでくる。

グリルにして食べさせれば、きっと吉野も喜んでくれるだろう。彼はどちらかといえば、肉よりも魚料理が好きなのだ。

眠る吉野の横顔を思い出すと、胸がふわりと温かくなる。大好きな相手に食べさせる料理のことを考えるときはまた格別で、嬉《うれ》しくなってしまう。

「これ、余分に買ってもらえませんか。お金はあとで払うから」

「ああ、いいですよ。どうぞ」

さすがに都民の台所と言われるだけあって、築地にはあらゆる食材が集まっている。手長エビも普通に魚屋で買うよりも、ずっと安かった。仕事が終わるまで冷蔵庫に入れておけば、腐《くさ》ることもないだろう。今日はいいものを買えたと思うと、心が浮き立ってきた。

「もうちょっと早ければ、何か食事もできますね。今度、早めに出勤しませんか？」

え、と小首を傾《かし》げると、雨宮はわずかに目元を和ませた。

「意外と場内の食堂も有名なんですよ。寿司《すし》とか、洋食とか。テレビでやってたりします
し」

「でも、まだ八時前で」

「朝早くからここに来る人のために、早い店は五時くらいから開いてるみたいですよ。ほら、あそこの喫茶店《きっさてん》も」

彼が指さした先には、『営業中』という札が掛けられた喫茶店のドアが見える。そこから、たまたま中年の男性が出てくるところだった。

「じゃあ、今度」

「ええ」

雨宮が頷《うなず》き、「帰りましょうか」と佐々木に促した。

ただそれだけのやりとりなのに、ほっと安堵《あんど》を覚える。ほんの数センチかもしれないが、雨宮との距離が縮まった気がした。

もう少しだけ近づくことができたら、そのときこそこの男には聞きたいことがある。どうして自分をこんな形で選んだのか、一度雨宮に問い詰めたい。

店に戻ると、すでにおおかたのスタッフが出勤しており、忙しく立ち働いていた。

「佐々木、ちょっといいか？」

厨房《ちゅうぼう》のスタッフである内倉《うちくら》に声をかけられて、佐々木は慌《あわ》てて「はい」と返事をする。

「芋《いも》、足りないけど。これ、下ごしらえ終わってんの？」

「あ……すみません」

苦々しく言われて、佐々木は渋々頭を下げた。だが、その嫌《いや》そうな感情が通じてしまったのか、内倉はわざと聞こえるように舌打《したう》ちをした。

「エリタージュ仕込みだったら、もっと手際《てぎわ》よくできんだろ。あそこはうちとは全然店の規模違うんだし」

おまけに嫌味《いやみ》まで口にされれば、さすがに佐々木でさえも腹が立つ。

雨宮に何か意図があると思うからこそ、こっちは我慢して、コミの役を引き受けているのだ。それをなんでまた、こんな悪《あ》し様《ざま》に言われなくてはいけないのか。

「スタッフの人数だって違う」

思わず口答えしてしまってから、佐々木ははっと口を噤《つぐ》んだ。

「んだよ、感じ悪いな」

聞こえよがしに言われて、佐々木は押し黙った。如月《きさらぎ》が何か言いたげな視線を向けているが、どうせ今のことを詰《なじ》られるに決まっている。

何がエリタージュ仕込み、だ。

そもそもスタッフの連中だってまだ慣れていないため、忙しい時間帯はこちらが苛々《いらいら》するほど手際が悪い。それはフロアスタッフにも言えることだったが、如月が上手《うま》く彼らの流れをコントロールしている。

問題は厨房《ちゅうぼう》だ。

自分がコミなんかじゃなければ、もっと洗練《せんれん》されたやり方ができる。だいいち、コミの自分が一人で一・五人分くらい頑張《がんば》ったって焼け石に水だ。皆が協力してくれなければ人手不足という穴は埋められない。なのに、佐々木はただの見習いで、彼らに言われたとおり皿を出したり洗ったりと、せいぜい許されるのは盛り付けくらいだ。だからこそ、コミとしての仕事をまっとうしたかった。

こんな店、どうして雨宮は選んだのだろう。どうして彼は佐々木を選んでこの店を作りたがったのか。

たとえば自分と二人の店なら、エリタージュなら、セレブリテなら。

そんないくつもの選択肢《せんたくし》がありながらも、雨宮が選んだのはここだったのだ。

「――面白《おもしろ》くない」

仁科《にしな》は小さく呟《つぶや》いて、書類をトレイに投げ入れる。オフィスの事務椅子《じむいす》に腰掛け、床を蹴《け》ってくるくると回していた成見智彰《なるみともあき》は、その仕草に小首を傾《かし》げた。

「何かあったの？」

「いや、べつに」

「嘘《うそ》。仁科さん、今日はすごく不機嫌だよ」

婉然《えんぜん》と笑う成見を見ていると、仁科は複雑な気分になる。こうして大人びた表情を見せる成見のことはまだまだ可愛《かわい》いと思っているが、あまりにも露骨《ろこつ》な成長ぶりを見せつけられてしまえば、時としてどうすればいいのかわからなくなるからだ。

「おまえがそう言うのなら、不機嫌なんだろう」

「ほら、今度ははぐらかす」

成見はくすっと声をたてて笑った。

「お店、どうなの？」

「店？　どれのことだ？」

「これだからやり手の社長さんは嫌《いや》だよね。えーっと、プリュなんとか……だよ。なんだっけ？　わざわざ佐々木さんを引き抜いたんでしょ」

冗談《じょうだん》を織り交ぜた成見の言葉に、仁科は鷹揚《おうよう》に頷《うなず》いてみせた。

「ああ、ラ・プリュイか」

あの店のことは当初から気にかけている。わざわざ引き抜いてきた雨宮の店だったし、如月と佐々木の二人を揃《そろ》えてみたのだ。これで何事もなかったらつまらない。

「もっと日本語の呼びやすい名前にしてくれればいいのに」

「そう思ったんだが、ちょうどいいものを思いつかなかったんだ」

「覚えやすいほうがいいと思うんだけどな。で、お店の売り上げは？」

「最初の一か月はいいんだよ。二か月目から勝負が始まる」

「けど、どうせ宣伝とかばんばんやって、楽させてるんでしょ？」

『アンビエンテ』みたいに、と成見は言外に匂《にお》わせたが、仁科はそれに答えなかった。嘘《うそ》をつくのも気が引けたからだ。

「楽をさせたところで、客がリピートしてくれるかどうかは、その店次第だ。一度来て外れたと思えば、その客はもう二度と店に来ないだろう」

「ふうん」

成見はその大きな瞳《ひとみ》でじっと仁科を見つめ、そして不意に耳許《みみもと》に唇《くちびる》を寄せた。

「どうしてそんなに意地悪《いじわる》ばっかりするの？」

「おまえに、か？」

「俺じゃないよ。佐々木さんに」

「——意地悪したつもりはない」

それ相応の試練を与えているつもりはあったが。

もっとも、あれで島崎《しまざき》に可愛《かわい》がられている佐々木のことだから、それなりに戦術を練《ね》ってきているはずだ。さすがに年上の料理人は策士で、仁科がどうすれば佐々木に『レピシエ』再開のきっかけを与えるかを知り尽くしている。それに従って佐々木にアドバイスしているということも、可能性としては考えられた。

それならばと方向を転換して、今度は遊ぶ相手を吉野に定めてみたのだが。彼は彼でほかのことで頭がいっぱいになっているようで、その気もそがれてしまう。

「だったら、祝福してあげてよ。結婚式するんだって聞いたよ」

「そのことか」

結婚式なんてままごとみたいな言葉を聞かされて、仁科は失笑を禁じ得なかった。吉野もずいぶんと甘ったるいことを口にするものだ。

「仁科さんもレピシエ再開に協力してあげたら？　いつもの罪滅ぼしに」

「俺は彼らに悪いことをしているなんて思ったことは、一度もない」

「だから罪滅ぼしも必要ないっていうの？　すごい論理」

ちょっとむくれたような成見の声音が、可愛《かわい》い。

「いいから、おいで」

キスをしてあげようと囁《ささや》くと、彼が困ったように小首を傾《かし》げる。

やがて成見の唇《くちびる》が自分のそれに重なり、彼が仁科の顎《あご》を摑《つか》んできた。舌《した》が入り込む生々しい感触に、仁科は密《ひそ》かに満足を覚える。

やはりこの男はいつまで経《た》っても可愛いものだと、そう思えたからだ。

ポストからはみ出す形で、丸められた大判の封筒がかろうじて入れられている。

差出人の名前は仁科宏彦《ひろひこ》となっており、封書を貰《もら》う理由に心当たりのない吉野は小首を傾《かし》げ、それからこのあいだの新会社の件だろうかという考えが脳裏《のうり》をよぎった。

両手に荷物を抱えたままという至極不格好《ぶかっこう》な状態で、小脇《こわき》に封筒を挟み込む。エレベーターを降りるのにも苦労し、それから部屋へと向かって、玄関の鍵《かぎ》を開けた。

「……ただいま」

吉野は誰もいない部屋に向かって声を張り上げ、そして靴《くつ》を脱いで部屋に上がる。気づいたように靴の向きを変えてから、ベッドに向かって暑苦しい上着と鞄《かばん》を投げた。

手にしたビニール袋には、できあいの餃子《ぎょーざ》とフリーズドライのみそ汁、それからおにぎりが入っている。

思いきりニンニクが効《き》いた料理が食べたくて、普段滅多《めった》に食卓に上らないものを選んでみた。佐々木は彼なりの信条があるらしく、吉野に餃子は似合わないと思っているようだ。そのため、これまで餃子は一度として食卓《しょくたく》にのったことがなかった。もちろん吉野だってランチを食べたくてラーメン屋で餃子ライスなんて注文してみることもあるが、たまたまそれを発見した緑《みどり》に「ビジュアルのイメージを崩すな」と怒られたので、以来そのメニューを頼《たの》んだことはない。

疲れているときには、なんといってもニンニクの味が一番いい。

吉野は皿に移した餃子《ぎょーざ》をレンジに放《ほう》り込《こ》み、次いで冷蔵庫から缶《かん》ビールを取り出す。そのプルタブを開けようとして、ぐっと缶を握り締めた。

ダメだ。今日はちゃんと、コラムの原稿を書くって決めたのだ。週刊誌に毎月一回持ち回りでコラムを書くというのは、一年間引き受けた大事な仕事だ。

ビール一本くらいで酔ったりしないが、それでも気構えというものがある。仕事に際してアルコールを摂取《せっしゅ》するなんて、不謹慎《ふきんしん》だ。

「ダメだなあ……」

結局吉野はレンジで温めた餃子をつまみながら、ノートパソコンを立ち上げて原稿を書くことになった。餃子を流し込むのはウーロン茶である。

行儀《ぎょうぎ》が悪いと思ったが、どうせ何もすることはない。

テレビも見ないし、映画もビデオも興味がない。バラエティー番組なんてもってのほかだし、音楽だって古典的なジャズのＣＤがあれば事足りる。

佐々木がいなければ、自分はとてもつまらなくてむなしい人生を送っていたはずだ。女性とはたくさんつきあって遍歴《へんれき》を繰り広げてきたのに、今では佐々木との関係がまるで初恋のように、戸惑《とまど》ったり狼狽《うろた》えたりしている。結局自分には、これまでの恋など必要なかったのかもしれない。佐々木以外の相手なんていらなかったのかもしれない。

だって、彼がいなければ自分は淋《さび》しさを埋めるために誰かと身体《からだ》を重ねて、食事をして、仕事をして。その繰り返しだ。

――もっとも、今も大差ないか。

ただ食事をして、眠って、仕事をする。

これでは独身者のむなしい生活みたいだ。

佐々木と一緒《いっしょ》に暮らしているのに、この部屋は愛情と未知の出来事に溢《あふ》れているはずなのに、今の自分はこんなに貧しい生活を送っている。

佐々木と出会って三度目の夏がやって来たが、吉野の日常はあのころと取り立てて違いがない。強《し》いて言うのならば、以前は一人で寝ることが多かったが、今では一人で寝ることに違和感を覚えている。ラ・プリュイは日曜日が定休のため、休日は朝から晩まで佐々木の作る豪華な食事が出る。それくらいだ。

約束どおりに佐々木は愚痴《ぐち》一つこぼさず、新しい店で頑張《がんば》っている。吉野も彼が言わない限りは弱音など聞くつもりはなかったので、必然的に仕事が話題に上ることはない。

上手《うま》くやっているのだろうか。それとも、いつものように苦労しているのか。

「たぶん、ダメだろうな……」

佐々木の性格からいって、プライドの高い彼が簡単にコミとして職場に馴染《なじ》んでいるとは思えない。もしかしたら、料理が嫌《いや》になっている可能性だってある。

となれば、明日は、少し休ませてあげたほうがいいのかもしれない。

なるべく彼に優しくして、食事なんていらないくらいに甘い休日を過ごそう。どうしても空腹になったら、テイクアウトのピザでもかまわない。

佐々木が吉野のために食事を作ることに重大な使命感を抱いていることは知っていたものの、大切な恋人を少しでも癒《いや》してあげたかった。

「……ただいま」

不意に玄関のほうから物音がして、吉野は急いで立ち上がった。

「お帰り、千冬《ちふゆ》」

声をあげながら玄関に移動すると、Tシャツにチノパンツといういつものスタイルの佐々木が、疲れた顔つきでスニーカーを脱いでいるのが目に入った。

「顔色悪いよ。疲れてるの？」

「大丈夫だ」

短い受け答えのあと、吉野は彼を抱き締めてキスをしようとして——はっとした。

そういえば、さっき自分はニンニクがたっぷり効《き》いた餃子《ぎょーざ》を食べたばかりなのだ。そんな唇《くちびる》で佐々木にキスなんて……絶対に、できない。

吉野の唇を待っていたのか、しばらくこちらを見上げてぼんやりと佇《たたず》んでいた佐々木は、むっとしたような顔つきで吉野の傍《かたわ》らを通り抜ける。

「ごめん、千冬。違うんだ。そうじゃなくて……俺、さっき餃子食べちゃって」

ばつの悪さはまた、仁科のよこした封書のもたらす罪悪感のせいでもあった。

「何謝ってんだよ」

もっとも、佐々木も照れているのかもしれない。吉野のキスを、ごく当たり前に待ってしまった彼自身に。

そのことに嬉《うれ》しくなってしまったのだが、キスすることはできない。

本当は抱き締めてキスして、明日は休みだという佐々木を足腰が立たなくなるまでめちゃくちゃに愛し尽くしたいのに。

「ごめん……。埋め合わせに、明日は何か美味《おい》しいものでも食べにいこうか。千冬、休みでしょう？」

「あ！」

突然、佐々木は声をあげて、弾《はじ》かれたように動かなくなった。

「どうかした？」

「店に、食材忘れた。手長エビ」

また何か、新しい料理でも研究しようというのだろうか。

吉野は、自分の心がざらっと苦いもので覆われていくのをまざまざと感じた。

二人だけで甘い日を過ごしたいと願う吉野の気持ちを、佐々木はなぜわかってくれないのか。

「取りに戻る」

「戻るって、千冬、鍵《かぎ》は？」

「俺が持ってる」

これがいつもの自分だったら、何げない口調を装《よそお》って「車を出そうか」とでも言えただろう。しかし、吉野にはそれができなかった。

今日だけは、その簡単な台詞《せりふ》が口に出せない。

自分との休日を楽しみにしてほしいから、仕事のことなんてどこかに追いやってほしい。頭の中は全部、吉野一色にしてほしい。

「仕方ないよ、千冬。もう一度店に戻るなんて、疲れるだけだろう？　どうしても必要なら、明日の朝取りに行けばいいし、今日はもう寝たほうが」

「でも、取りに戻りたいんだ」

佐々木は頑《かたく》なだった。

「もう、いいじゃないか。せっかくの休日くらい、仕事のことなんて忘れようよ。明日はゆっくり、美味《おい》しいものだけ食べて過ごせばいい」

吉野の言葉を聞いて、佐々木はのろのろとこちらを振り返った。

「馬鹿《ばか》！」

突然怒鳴《どな》りつけられて、吉野は目を瞠《みは》った。

「千冬……？」

「あんたのために買ったんだ！　あんたのために、料理したいんだ！」

耳が痛くなりそうな激しい怒鳴《どな》り声《ごえ》に、吉野は首を傾《かし》げる。

そんな仕草でよけいに彼を怒らせるとわかっていたが、合点がいかなかった。

「あんた……何もわかってないんだな」

わかっていないのは彼も一緒《いっしょ》じゃないか。吉野が欲しいものはいつだって明確なのに、
佐々木はそれを与えてくれはしない。

「君は何をわかれって言うんだ？」

売り言葉に買い言葉、というのがふさわしいやりとりだった。

そもそもわかれと言うのなら、教えてほしい。なぜ雨宮の店を選んだのか。なぜ厳しい道ばかり望むのか。どうして、吉野だけを見つめてそれで満足してはくれないのか。

その答えくらい吉野も知っているのに、それでも確かめずにはいられない。

「…………」

こちらに向けられたのは、ぞっとするほど精気《せいき》のない、悲しげな瞳《ひとみ》だった。

「寝る」

「シャワーくらい浴びたら？　疲れてるでしょう」

「放《ほう》っておけよ。俺のことには口出ししないんだろ！」

佐々木はそれだけを言い残して、自室の扉をばたんと閉める。

たかが手長エビくらい、たいしたことはないはずだ。どうせ店での余り物の食材をもらってこようとしたのだろう。

ただ、今の自分はどうしようもなく不安だった。

恋は心地よいまどろみをもたらす陽光だが、時として人の心を焼き尽くす灼熱《しゃくねつ》にも、そしてまた荒波をもたらす嵐《あらし》にもなる。

だが、嵐が終わり穏やかな日常一色になってしまったとき、かえって吉野はどうすればいいのかわからなくなった。戸惑《とまど》った。

それが彼の性分だとわかってはいたが、佐々木が料理に没頭すればするほど、吉野の居場所がなくなってしまうような気がするのだ。恋愛は二の次でかまわないが、本当に今も、彼の心の中に吉野の領分はあるのだろうか。

そんなことで悩むのは馬鹿《ばか》げており、吉野はただ恋人を信じていればいい。

そうはわかっていても——でも……怖《こわ》い。

臆病《おくびょう》になった自分を嘲罵《ちょうば》しても、吉野の心からは曇りが消えることはなかった。

見失うのが怖いから絆《きずな》が欲しい。結婚という明確な形でなくてもいいから、深く決して壊れることのない絆が。

6

「オーダー入りまーす」

如月《きさらぎ》が明るい口調で言うと、注文を読み上げていく。

チーフ・フロアスタッフという呼称をもらった如月は、名前のとおりにこの店のフロアスタッフでは一番偉《えら》い。それなりに経験を積んでいることもあるし、三人じかスタッフがいないのだから、彼がチーフになることに関しては反対意見はまったくなかった。

如月も、以前に比べれば顔つきもだいぶ引き締まったし、成長期を終えてしまえば小柄《こがら》なのは致し方ないとしても、ずいぶんと大人びたと思う。自分のあとをちょこちょことついてきた子鹿《こじか》のような少年はもうどこにもおらず、ここにいるのは佐々木《ささき》と対等に——それどころか、もっと成長した青年の姿だった。

「サラダ一、盛り合わせ一、それにスープ二つ。メインは魚のグリル三つと肉です」

「はい」

雨宮《あめみや》が答える声を背に、佐々木は如月から受け取った紙をクリップボードに挟んだ。

一つ手順を間違えば、オーダーがどんどん溜《た》まってしまう。

処理しなくてはいけない仕事があればあるほど、正確さが求められるのだ。

「佐々木、これ」

田辺《たなべ》に魚のグリルの皿を押しつけられ、佐々木は慌《あわ》てて手を伸ばす。

だが、バランスを失った皿が佐々木の手に届くことはなかった。

「うわっ」

がしゃん、と鈍い音がして取り落とした皿が床に叩《たた》きつけられる。料理がその場にぶちまけられ、佐々木はため息をつきたくなった。

「何やってんだよっ」

「…すみません」

今のは佐々木の非ではなく、どちらかといえば田辺のミスだ。料理の受け渡しに自信がないなら、無理をせずに作業台の上で渡してくれればいいのだ。

自分が料理をすることを許されたら、こんなことにはならないだろう。

「いいから、作り直して。佐々木さんは片づけを」

雨宮の指示はあくまで冷静だった。

佐々木はモップを取り上げると、床に落ちた材料を片づけた。もちろん、ほかには仕事もたくさんある。付け合わせを綺麗《きれい》に盛らねばならないし、使い終えた皿を洗浄機にセットしたり、いろいろすることはある。

「睦《むつみ》、これ。五番に」

「はい」

気を取り直して作り置きのサラダを出し、それを如月に託《たく》そうとした。だが、それを咎《とが》めたのは田辺の不機嫌な声だった。

「待てよ」

低いが迫力のある声に、如月はぎょっとしたように立ち止まる。

「もう少しだけ待ってもらえ。佐々木も勝手に指示するなよ。おまえが料理落とした分、ほかの作業が詰まってるんだ」

要するに先にサラダを出してしまっても間がもたないと言いたいのだろうが、田辺の言葉は暴言ともとれよう。

——畜生《ちくしょう》……！

怒りに震えた佐々木は、己のエプロンをむしり取ろうと胸元の布地を摑《つか》んだが、そこで躊躇《ためら》った。

落としたのはおまえの責任だろうと言ってやりたいのを、佐々木はなんとか堪《こら》える。

それをしてしまえば、一巻の終わりだ。

『エリタージュ』のときから、全然成長していないことになる。

ぎゅっと掌《てのひら》を握り締めて耐える佐々木に雨宮が視線を向けてきたが、彼は何も言わなかった。せめて田辺をなだめる言葉を言ってくれればいいのに。

こいつらは、何もわかってない。佐々木が朝早く店に来て下ごしらえをしている理由も、懸命にコミとしての職務をこなす理由も、何もかも。何一つわからずに、彼らは佐々木の努力の結果だけを享受しようとしているだけだ。

もちろん、佐々木だけでなく厨房《ちゅうぼう》全体が忙しいのはわかっている。何も自分一人が苦労しているわけではない。だが、自分の働きに正当な評価を与えられないのは、ひどく悔しかった。

とはいえ、声高に己のしていることを訴えても意味がない。押しつけがましい言葉はよけいな反発を呼ぶだけだろう。裏方は裏方で、ものを言わぬほうがいい。

それでもいちおうはつつがなく、ランチタイムの営業が終わった。

「佐々木さん、まかないを任せても平気ですか」

「あ、はい」

まかないを作るのはコミの仕事だ。その前にひどく汚れてしまったエプロンを替えようとロッカールームに向かったとき、不意にトイレのほうから声が聞こえてきた。

そこで足を止めたのは、自分の名前が呼ばれたような気がしたからだ。

「ったく、使えねーよなあ。エリタージュにいたっていうからどれほどかと思えばさ」

「ま、仕方ないんじゃないの？　一流店とうちみたいなビストロじゃ勝手が違うんだろ」

蔑《さげす》みを帯びた声音だった。

「そうだけどさ。店長もなんであんなの引っ張ってきたんだか」

「雨宮さんなら、それなりに勝算があってのことじゃないの」

「だよなあ。あの人なら仕方ないか」

佐々木はずきずきと痛む胸を押さえて、その場に立ちすくんだ。立ち聞きしていたことがばれたら、また彼らとの関係が険悪になってしまう。その場で固まってしまった足を叱《しっ》咤《た》しながら動かし、なんとかその場を離れることができた。

情けなくてたまらなかった。

彼らのためによかれと思ってやっていることが、すべて裏目に出ているのだ。佐々木がやっていることは何もかもが無意味で、自分の存在など意味がないと否定されたような気分だった。

違う。本当は違うのだ。

自分だって知りたい。役に立たないなら立たないで、なぜこんなところにいるのか。どうして彼らのために働いているのか。

それがわからないから、誰かに教えてほしかった。

耐えて働けばきっと認めてもらえるはずだと信じ、また信じようと努めてきた。それはまやかしの慰めにすぎないのだろうか。

「千冬《ちふゆ》？」

遠慮《えんりょ》がちに呼びかけられて、厨房《ちゅうぼう》の前に呆然《ぼうぜん》と立ち尽くしていた佐々木ははっとしてそちらを振り返る。案の定、その場に立っていたのは如月だった。

「睦……」

「どうしたの？」

「いや、なんでもない」

如月に必要以上の心配をかけたくはない。佐々木が無理やり表情を和らげようとすると、彼は明るく笑った。

「疲れちゃった？　コミって大変そうだよね」

「大変なのはコミだけじゃない。全部の仕事が大変なんだ。おまえだってそうだろう」

それは本音だった。佐々木だって相手のことを尊重したいと思っている。田辺や内倉《うちくら》、雨宮の仕事が大変だというのはわかっているのだ。

彼らと同じように、コミの自分の仕事も認めてほしいと願うのは、我《わ》が儘《まま》なのか。

「でも、ちょっと顔色悪いよ。千冬、夏は苦手だからかな」

ふっと如月が手を伸ばして、佐々木の頬《ほお》に無造作《むぞうさ》に触れてきた。

「おまえだって、少し痩《や》せた気がする」

「けど、楽しいよ。忙しいくらいのほうが、疲れなくてすむし」

如月は口元を綻《ほころ》ばせた。子鹿《こじか》のような大きな瞳《ひとみ》をきらきらとさせており、その姿に、佐々木はますますなんとも言えない気分にさせられた。

本当は、彼にこんな顔をさせてやるのは自分でありたかった。

『レピシエ』を再開させて、如月を喜ばせてやりたかったのだ。なのに自分は、いまだに道に迷ってこんなところをうろうろしている。それが、ひどく情けなかった。

「睦」

「……なあに？」

もし自分が今すぐレピシエを取り戻したいなんて妄言《もうげん》を吐いたら、如月はなんと言うだろうか。馬鹿《ばか》なことと笑うだろうか。まだ自分と働きたいと思ってくれているのか。愚かな佐々木に愛想《あいそ》を尽かして、この先ずっと雨宮を選ぶなんてことはないのだろうか。

選んでほしい。わかってほしい。そばにいてほしい。

誰も彼もにそう願わずにはいられない自分は、きっとひどく贅沢《ぜいたく》な人種なのだ。吉野《よしの》だって。いや、吉野だからこそ、わかってほしい。

だが今や、彼の名前を思い出すだけで、週末のあの出来事をリプレイするだけで、心臓がきりきりと刺されるように疼《うず》いた。

手長エビは結局、冷蔵庫の中に眠ったままだ。彼のために買ってきたものを食べさせる気持ちすら起きず、佐々木は日曜日は部屋に閉じこもって過ごしたのだ。

吉野は吉野で絶食したらしい。ますます顔色が悪くなるのにと、眠る彼を見ながら歯嚙《はが》みし、だけど料理してやることができない素直《すなお》じゃない自分が嫌《いや》になる。

あれはいつもの吉野ではなかった。普段の彼ならば、忘れ物をしたと言えば車くらい出してくれる。佐々木の料理を楽しみにしてくれて、疎《うと》んじるような発言はしない。もう自分の料理になんて、興味がないのだろうか。

そんなことはないと思うけれど、吉野が何を考えているのかがわからない。わからないのに、何も聞けないことがいっそう不安を煽《あお》り立《た》てた。

どうして会話すらなくなってしまったのか、今となってはもう思い出せなかった。

「な一んかおまえ、ぼーっとしてるな。夏ばてか？」

唐突に話を振られて、吉野ははっと顔を上げる。週末というのも手伝ってか店内はいっぱいで、旧友は目の前で心配そうな顔つきでこちらを見つめていた。

「あ……ごめん。大丈夫だよ」

「そうかな、どころじゃないよ。佐々木さんとは上手《うま》くいってないのか？」

吉野が嬉《うれ》しがって佐々木との関係をばらしまくったばかりに、山下《やました》は二人が恋人同士だということをよく知っている。

　とはいえ、さすがに常識人の山下にウエディング・パーティーの話をするのは時期尚早《じきしょうそう》だろうと、吉野はその話題を口に出していない。そのため、今日の話題は大学時代の友人の話や経済の話に終始した。

「いい感じだよ、それなりに」

　嘘《うそ》を一つ会話に滑り込ませても、たいていの人間は気づかないものだ。それこそ仁科のように聡《さと》くなければ。

「そっか」

　ほっとした様子で彼が息を吐くのを見てとり、吉野は微笑を作ろうと努めた。

「君のところは？　相変わらずほのぼのしてるの？」

「来年あたりに三人目が欲しいなって感じ」

　にやっと山下は笑った。

「へえ……すごいな」

「本当は四人欲しいけど、学費とか考えると厳しくってさ。そろそろ打ち止めだな」

　いいな、とちらりと思った。

　男女の恋愛であれば結婚も出産もすべてがごくありふれたことだ。そのありふれたことこそが吉野が望んでも得られないものだ。

だからこそ結婚なんて儀式《ぎしき》に執着《しゅうちゃく》してしまうのか、自分でもわからなかった。

「そう、だね」

「あ……悪い。こういう話ってダメだっけ？」

「そんなことないよ」

「そういや、親父《おやじ》さんの病状、どうなんだよ」

「――今、意識不明で……そろそろまずいかもしれない」

覚悟は決まっていたはずだが、人に話すのはやはり気が滅入《めい》る話題だった。

吉野の沈鬱《ちんうつ》な表情を見て、今度こそ「悪い」と山下は謝罪を口にした。

「仕方ないってわかってるんだ。親より先に子供が逝《ゆ》くことはないし、そっちのほうが親不孝だって。でも……」

でも、と吉野は呟《つぶや》く。

大切な人がいなくなってしまうのは、辛《つら》い。もう一生、二度と会えないのは怖《こわ》い。

何か縋《すが》る宗教でもあればよいのだろうが、吉野は来世も天国も信じていなかった。

父との絆《きずな》はこの地上において、今しか存在しない。

意識がない父がもう一度起き上がって自分と会話をする可能性などほとんどあり得ないというのに、それでも、死んでしまうことと生きていることとは別だ。

だから、愛する人を――佐々木を傍《かたわ》らに引き留めておく方法を知りたい。自分が変われば、何かが起きれば、一生そばにいるという約束を得られるのだろうか。

「で、会社はどうなんだ?」

「んー……あまりよくない。ギリギリ黒字ってところだと思うけど」

「大丈夫なのか?」

「ま、大丈夫だよ」

空元気《からげんき》だとわかっていたが、吉野は山下に向かって笑ってみせた。

このあいだ仁科《にしな》から送られてきたのは、やはり新会社設立の創業計画書だった。

いっそのこと、仁科の会社に世話になったほうがいいのだろうか。

そうすれば佐々木と一緒《いっしょ》の世界にいられる。同じものを見ることができる。

動機は不純だったが、食べることは好きだし、フードビジネスだってやっていけるかもしれない。ひどく後ろ向きな発想に、引きずり込まれてしまいそうだ。

「そういやさ、最近、B証券が積極的にヘッドハンティングしてるらしいじゃないか」

外資系の証券会社の名前を挙《あ》げられて、吉野は頷《うなず》いた。

「うん、それは聞いてる。けっこう積極的みたいだね」

「おまえにも転職の誘いとか来てないのか?」

「俺は……たまに」

「へー。だったら後輩くんも危ないかもしれないな」

「ん……それはそうかも。あいつ、けっこう優秀だし」

吉野が苦笑すると、山下は「覇気《はき》がないなあ」とぼやくように言う。

「おまえ、もうちょっと仕事に本腰入れないと、ホントに会社つぶれるぞ。うちもさ、部署によってはリストラとか出向《しゅっこう》とかあって、人員整理にかかってるんだ。給料はろくに上がらないから小遣いは据《す》え置《お》きだし」

同じく金融業界に身を置く山下も、悩みはあるのだろう。

「お互い大変だよね。それより、まだ時間は平気？　飲み直さない？」

「ああ、悪い。今日は早く帰るって女房に約束しちゃったからさ」

「そうか……」

佐々木が帰ってくるまでの寂寞《せきばく》とした時間をどうやって耐えればいいのか、吉野にはわからない。

わからないから、他人との会話を求めてしまう。かりそめのつながりが欲しくなる。

どうして上手《うま》くいかないのだろう。何がすれ違ってしまうのだろう。

いつもいつも、彼のことを第一に考えているつもりなのに。

まかないを作るのは佐々木の役目だ。ランチの営業が終わってからなので遅くなってしまうが、あり合わせのものでスタッフ全員の腹を満たさなくてはならない。

手早く作れてぱっと皆の腹を満たせるものなんて、あまり思い浮かばない。一週間のうちに六日もまかないを作っていれば、飽きるというものだ。

『ラ・プリュイ』に変わって良かったことといえば築地《つきじ》に通えるようになったことと、それから、日曜日が定休日になったことくらいだ。あとはもう、考えれば自分で自分が鬱陶《うっとう》しくなるので、あまり考えないようにしている。

安く買ってきた鯵《あじ》をフライにし、サラダを作ろう。

「うえー、また魚？」

背後からうんざりしたような声があがったが、佐々木はきっちりとそれを無視した。だったら自分で作ればいいんだ。コミの佐々木に甘えてないで。

「もっとこうさ、たまには凝《こ》ったもんとか食わしてくんないの？　エリタージュ仕込みの料理の腕、鈍っちゃうだろ」

「材料費に限度がある」

佐々木はぶっきらぼうに言って、サラダとフライを一緒《いっしょ》くたに乱暴に盛りつけた。

「んだよ……そういう言い方、ないだろ」

先に文句を言ってきたのは、田辺のほうじゃないか。

何かにつけて自分に突っかかってくる彼のことが嫌いだった。にやにやと薄ら笑いを浮かべているのも、ことあるごとに佐々木にちょっかいを掛けてくるのも。

こっちだって好きで安上がりな料理ばかりしているわけじゃないのだ。目にものを見せてやるためにも、エリタージュでポワソニエとして勤めているあいだに覚えてきた料理を披露《ひろう》してやりたいが、材料費も時間も、それを許さない。

——こんなやり方していると、好きだったはずの料理まで嫌いになりそうだ。

エリタージュで清水《しみず》と上手《うま》くいかなかったとき、ほかのスタッフとうち解けられなかったとき、自分がどんなふうにそれを乗り越えたかが思い出せない。

コミに徹していればいつかわかってもらえるはずだという考えは、甘すぎたのだろうか。

ただ一生懸命料理をするだけじゃダメなら、なんとかしなくてはと焦《あせ》る一方だった。

「千冬、支度できた？」

ひょいと厨房《ちゅうぼう》を覗《のぞ》いた如月が明るく声をかけたので、佐々木は咄嗟《とっさ》に頷《うなず》いた。

「じゃ、運ぶの手伝うよ」

何が楽しいのか、うきうきとした様子で声をかけてきた如月は、器用な手つきで四枚の皿を手に持った。

そんな技だって、いつの間に覚えたのだろう。

ここに勤めるのは楽しいのか。レピシエのことなんて忘れてしまったのかと、拗《す》ねた心持ちのままで聞きたくなる。

ラ・プリュイは狭いため、まかないを食べるのはランチの営業が終わったあと、フロアを使うと決まっている。これを食べて夜十時まで頑張《がんば》らねばならないのだから、自然と腹に溜《た》まるものがメインとなってくる。夜の営業が始まってからでも休憩時間に何かしらつまめるにはつまめるが、腰を据《す》えてじっくりと食事をするわけにはいかない。そのため、まかないの食事とはいえ大事なのだ。

佐々木は一番端《はし》のテーブルに一人で陣取ると、何も言わずにフォークをフライに突き立てる。

如月が「千冬、そっちに行っていい？」と声をかけてきたので表情を和らげかけたのだが、雨宮に呼び止められて彼はそこで立ち止まった。

「如月さん、ちょっと話が」

「あ……はい」

如月が皿を持って、雨宮の座《すわ》る四人掛けテーブルへと向かう。隣《となり》の席にちょこんと座る如月を見つめる雨宮の瞳《ひとみ》は意外なほどに優しくて、それがまた腹立たしい。

どうしてこんなところで、こんな惨《みじ》めな思いを抱えたままでいなくてはいけないのか。

苛立《いらだ》ちが募ってきたが、それを解消する術《すべ》を知らぬのもまた、事実だった。

こんなときに吉野がそばにいてくれれば、どんな言葉を口にするだろう。何を言ってくれるだろうか。

自分から彼の手を拒んだくせに、こうして彼の助けを待っていることが情けない。

「…………」

淋《さび》しいと思うのは、自分がどこか弱気になっているせいだろうか。

上手《うま》くいっていないと感じるのは、何も仕事のことだけじゃない。プライベートでも一緒《いっしょ》だった。

このごろの吉野は仕事で忙しいのか、佐々木がベッドで待っていても布団《ふとん》に潜《もぐ》り込《こ》もうとはしない。それどころか、佐々木が寝入った頃にようやくベッドに入り込む。

会話が少なくなっていることにも、吉野は気づいていないのかもしれない。

それどころか、キス以外の触れ合いもほとんどなくて。

いつまでも怒っているのも寝覚めが悪く、こうなったら手長エビの件は水に流してもいいと思うのに、それどころではないいすれ違いぶりだ。

疲れているのではないかと思いやってくれているなら、どうして何も聞いてくれないんだろう。店のことをまるで気にも留めていないように振る舞うのだろう。

もちろん、キスだけでも嬉《うれ》しい。吉野から贈られる啄《ついば》むようなくちづけだけで、自分の心はあたたかくなって、彼に癒《いや》されているのがわかる。

だけどキスをされればされるほど、触れられないことに疑問を感じてしまう。

自分は貪欲《どんよく》で、そして贅沢《ぜいたく》だ。

ウエディング・パーティーを断ったからだろうか。それとも、父親の容態が思っていたよりもよくないのだろうか。

不安ばかりが押し寄せてきて、佐々木の心をずっしりと重くする。

あまりに重くなりすぎ、この心臓が石になってしまったのではないかと思えるほどに。


「それで、えっと、ラ・プリュイってどうなんですか?」

レーズンがたっぷり入ったクッキーを一つ、原田《はらだ》は口中にぽいと放《ほう》り込《こ》む。勢いがよすぎてむせないかと心配になったが、吉野の考えは杞憂《きゆう》だったようだ。

緑《みどり》は郵便局と銀行に行くとかでオフィスにはおらず、男二人で顔をつきあわせてレポートを書いている真っ最中だった。

「どうって言われても……困るなあ。俺も行ったことないし」

「へー、そりゃ珍しい。けど、行ったことなくても、佐々木さんとは話くらい出るっしょ」

それがまったく話題にすら出ないとは、さすがの吉野も言いにくい。

いつもだったら佐々木の様子が心配で食べに行こうかと考えるのに、今度ばかりはそれもできる心境ではなかった。

自分もつくづく極端な人間だと、思う。

だけど一度意地を張り始めると、ダメだ。引き下がれなくなってしまう。

だが、それを言葉に表せばきっとこの気の優しい後輩を心配させてしまう。なんだかんだと緑も原田も、吉野に対してずいぶんと気を遣ってくれているのだ。

「だったら、一度食べに行こうよ。銀座《ぎんざ》でけっこう場所もいいし、仕事で外に出たときにでも」

「先輩って……つくづく、のんきですよね」

呆《あき》れたような彼の口調に、吉野は肩を竦《すく》めた。

「そうなんだけど。少しは気持ちに余裕がないと辛《つら》いよ。いっつもガツガツ働いてばかりじゃ」

「先輩は余裕ありすぎです。そんなんじゃ、うちの会社つぶれちゃいますよ。このご時世で脳天気なことばっかりしてると」

原田は苦笑を漏らす。

「……そうだよね。そうは思ってるんだけど……」

このあいだの山下との会話を生々しく思い出し、吉野は頷《うなず》いた。

実際、億単位の金を稼《かせ》ぐサラリーマンの多くは外資系金融機関に勤めるアナリストたちだ。こんなオフィスなど構えていないで、大会社に勤めたほうがよほど高給取りになれるのはわかりきっている。吉野だっていちおうは新聞の人気アナリストランキングには名前を連ねているが、その程度では焼け石に水だ。そもそも会社の規模が違うのだから莫大《ばくだい》な売り上げなんて見込めない。アナリストが二人では専門分野を増やすことはできないし、かといって今の収入では新しいアナリストを社員に迎え入れることもできない。いわば、負のスパイラルができてしまっているのだ。

「そういえば、君のところにはヘッドハンティングとかってないの？」

「――ええと、まあ、ぶっちゃけた話、ないこともないです。先輩だってそうでしょう」

「あるにはあるけど。そっち方面には興味、ないし」

原田はこのまま、このオフィスにとどまりたいのだろうか。

そんな疑念があった。

もし彼が新しい仕事をしたいとか、オフィスを移りたいというのであれば、それを止める理由などどこにもない。吉野も温かく彼を送り出すことだろう。

「もし君がほかの会社に行きたいなら、止めたりしないよ。そういうときは俺に遠慮《えんりょ》しなくて、いいから」

「――先輩って、ホント……淡泊《たんぱく》ですよね」

まるで嘆息《たんそく》するように、彼がそう呟《つぶや》いた。

「淡泊《たんぱく》っていうか、お人好《ひとよ》しっていうか……」

吉野に関心があるのはごく少数の事柄《ことがら》だけで、会社については優先事項があまり多くはない。それを見透かされているようだった。

「そういうわけじゃないんだ」

他人の人生に執着《しゅうちゃく》し、関心を持てるほど、吉野は優しい人間ではない。彼らの人生設計に責任を持てないからこそ、吉野は寛容に接することができるのだ。

それを優しさでないと見抜いている人間が、どれほどいるだろうか。

「でも、ここでいきなりディープな話題されても、俺、困りますよ」

「ああ、ごめん。ちょっと考えなしだったかな」

それもそうだと、吉野は苦笑した。休憩時間に世間話にできるような話題でないことは確かだ。

「この業界なら転職も当たり前ですし、井戸端会議《いどばたかいぎ》並みの話題って言えばそうだけど。俺のゼミの同期で、まだ同じ会社に勤めてるやつなんて半分もいないかも」

「それもけっこうすごいな」

「そういや、佐々木さんも転職って意味じゃ三回目くらいですか？」

あえて確答を保留にしたまま、原田は話題を転じた。吉野としても、その点を追及しないだけの分別はある。

「うん。どの店でもそれなりにトラブルはあるだろうけど……でも、今回は愚痴《ぐち》一つ言わないで頑張《がんば》っているよ」

「へーっ。偉《えら》いなあ」

ただし、この頃の佐々木は、妙にかかりかりしているように見える。それが心配なのだが、愚痴を聞かないと言った手前、こちらからは聞き出せないし、吉野もウエディング・パーティーのことを切り出せない。苛々《いらいら》するのは疲れているからだろうと身体《からだ》に触れることもできずにいるうちに、だんだん悪循環が募る。

そんなに恥《は》ずかしいだろうか。

誰かの前で、永遠の愛を誓うことは。

吉野を好きだと言うことも、佐々木にとってはそんなに嫌《いや》なことなのだろうか。そう思えればこそ、自信がどんどんなくなっていくのだ。

恋人同士という絆《きずな》は、いったいなんなのだろう。

まだ惰性《だせい》や倦怠《けんたい》に駆《か》られる時期ではないはずだったが、吉野にはそれがわからなくなり始めていた。

たとえばそれが最後のキスと思えば、もっと情熱的に唇《くちびる》を重ねられるのだろうか。

どんどん悪い方向へと流れていく己の思考をなだめつつ、吉野は息を吐く。

とりあえず、転職して一か月目は、佐々木も余裕がないだろう。いろいろと話をするのは、彼が落ち着いてからのほうがいいはずだ。もう少し佐々木を見守り、なるべく楽天的に考えようと、吉野は心を決めた。

7

オープンして一か月半。当初の物珍しさが薄れると、『ラ・プリュイ』の前には大きな壁が立ちはだかった。開店当初は相席もやむなしという繁盛《はんじよう》ぶりだったが、ここにきて、空席が目立つようになってきたのだ。

それに、一般人にはフランス料理はバターとクリームを使ってしつこいという意識があるため、夏場はあまり受けないのだ。実際にはもっとヘルシーなものに流行全体がシフトしつつあるのだが、一度根づいた先入観はなかなか消えることがない。

『レピシエ』のときも、確かこんな流れだった。そう思えばこそ、胸がぎゅっと痛くなる。あのときもオープン当初はそれなりに客がいたのだが、次第に客足が減っていって、どうすればいいのか自分でもわからなかった。

佐々木《ささき》は汗《あせ》を拭《ぬぐ》い、カウンター越しにがらんとしたフロアに視線を投げる。

一度離れてしまった客足をもう一度復活させるのは、難しい。それをどうすれば取り戻せるのか、佐々木にもわからない。

この店の料理は胸を張れるほど美味《おい》しいし、値段もかなり安く設定されている。それでも客足が戻ってこないというのなら、本格的な対策をとる必要があるだろう。

「――佐々木さん。これからミーティングをやるので、昼休みにちょっといいですか？」

不意に雨宮《あめみや》に呼び止められて、佐々木はまかないの片づけを中断して振り返った。食事が出たあとは、一時間ほどの昼休みがある。そのあいだは何をしようと皆の自由だった。

「ミーティング？」

「ええ。ご覧のとおり客足が落ちてきているので、ちょっと話し合いをしたいと思っています」

だったら、今のうちに言っておいたほうがいいだろうか。

「あの……思ったんだけど」

「なんですか？」

「ローストチキン、もう少し、味……薄いほうがいいんじゃないのかと」

素材を活《い》かした上品な味わいを出したほうが、築地《つきじ》の魚介や新鮮な鶏肉《とりにく》も生きるというものだ。しかし、雨宮はにべもなかった。

「コースでほかにもまだ料理が出るならとにかく、ランチは前菜とメインだけですよ。薄味だと物足りないと思っています」

「……そうだけど」

「デセールは軽めに仕上げてありますから、バランス的にはこれでいいはずですが……」

彼の言葉にも一理あり、佐々木はぐうの音も出なかった。メニューの組み方も食材の選び方も、雨宮のやり方はあくまで無駄《むだ》がない。

「でも、佐々木さんの考えにも頷《うなず》けます。あとで検討《けんとう》してみますから、そのときは味見してみてもらえませんか」

こちらが拍子《ひょうし》抜けするほどあっさりと、雨宮はそう申し出た。

「え？　いいのか……？」

「何が、ですか？」

彼が訝《いぶか》しげな表情をしたので、佐々木は失礼かもしれないと思いつつも重ねて言った。

「そう簡単に味とか、変えて」

雨宮はようやくそこで口元を綻《ほころ》ばせ、柔和《にゅうわ》な面立《おもだ》ちに笑《え》みを作る。

「そのために皆の意見を聞いてるんですよ。聞くだけ聞いても取り入れないのであれば、聞いた意味がない。時間の無駄です。あなただって、自分が間違っていると思えばわざわざ指摘することはないでしょう」

「……そうだけど」

「ありがとうございます」

雨宮の人望が厚い理由がわかるのは、こうした彼の態度のせいだろう。

しかし、同時に選ばれてきた田辺《たなべ》や内倉《うちくら》が料理人としてとりたてて優秀だとは思えず、佐々木は苛々《いらいら》とすることも多かった。

どうしてあんなやつらが料理人で、自分がコミなのだろう。

意見を聞き入れてくれるのであれば、佐々木のことをそれだけ重んじているはずだ。それなのにどうして、自分だけがいつまでもコミなのか。

「……畜生《ちくしょう》」

そんなことは、考えるだけ無駄《むだ》だとわかりきっている。わかっていながらも、どうすることもできないという苛立《いらだ》ちに包まれてしまうのだ。

「何か？」

その言葉を聞きとがめたのか、雨宮が不意に振り返る。

「なんでも、ない」

佐々木は素っ気なく言い切った。それから、洗い上がった皿を片づけようと、洗浄機のほうに近づく。

「佐々木さん、何食べます？」

そこに背後から声をかけられて、佐々木は咄嗟《とっさ》に振り返った。

「なんだ？」

「えっと……ミーティングのとき、ケーキでもどうっすか？　ランチの余りだけど」

田辺は小太りの身体《からだ》をわずかに揺するようにしてそう尋《たず》ねてくる。いつにない人懐《ひとなつ》っこい笑顔《えがお》に一瞬《いっしゅん》どう反応すればいいのか戸惑《とまど》ったが、そこで慌《あわ》てて頷《うなず》く。

「チョコレートケーキとかダメっぽいですよね。うーん、タルトは？」

甘党を自認する彼は店ではデセールも担当しており、なかなかの腕を披露《ひろう》しているのだ。どちらかといえば菓子職人のほうが向いているかもしれない。

「そんなの、なんでもいい」

ぶっきらぼうに答えてから、さすがにしまったと思ったが、もう遅かった。田辺は顔を強《こわ》ばらせて佐々木を睨《にら》みつけ、「——だったら、適当にします」と言い放つ。

ふいと彼が顔を背けるのを見て、佐々木は改めて気持ちが落ち込んでくるのを感じた。

……また、やってしまった。

向こうが自分を嫌っているのがわかったし、こっちだって彼らのことは好きではなかった。それに、もとより気を遣ったり他人のことを考えるのは佐々木には至難《しなん》の業《わざ》なのだ。

だが、最初から喧嘩腰《けんかごし》の対応をしてしまったことは、やはりどう考えても佐々木の落ち度だ。それを謝っておきたかったのだが、こうなると端緒《たんしょ》が摑《つか》めなかった。

空気が険悪なものに変わるのを肌《はだ》で感じても、どうすることもできない。歯がゆい気分で皿を棚に片づけていたところに、ひょいと如月《きさらぎ》が顔を出した。

「すみませーん。ミーティングって伺ったんですけど」

「そうです。片づけが終わったらちょっと話があるので」

雨宮の声に、如月は合点がいったように頷《うなず》く。

「わかりました。今、フロアの清掃してるので、終わったら皆さんを呼びますね。あ、そうだ！　たまには、二階を使いましょうか」

鈴が転がるようにやわらかく凛《りん》とした如月の声音は、どこか説得力がある。

この店では皆が集まって話し合えるようなところは、フロアしかない。そのうちの二階部分は週に何回かは掃除をしているが、基本的には使用されていなかった。そのため、理由もなく暗く湿気を帯びた場所に行くのは躊躇《ため》われて、佐々木はそこに数回しか足を踏み入れたことがない。ほかのスタッフも似たようなものだろう。

「二階……？　ちょっと気持ち悪いなあ」

内倉が小さく呟《つぶや》いたのを雨宮は聞き流し、「いいですよ」と頷いた。

食器を洗浄機に放《ほう》り込《こ》んで、後かたづけが終了する。

エプロンを脱いでフロアに出ると、こちらの清掃も完全に終わっていた。夜の営業のためにテーブルクロスを替えてあり、整然とした演出が成されている。

二階へ向かう階段は通常は入れないようにしてあったが、注意書きが取り外されており、階段も掃除されている。

久々に上がった二階は思っていたよりも明るく、そして広かった。

「いつかここも、営業できるようにしたいですね」

雨宮が、まるで慨嘆《がいたん》するように呟《つぶや》く。

「そのためにはもっとお客さんを増やして、スタッフを増やせるようにしないと！」

「そうですね」

如月に向かって、雨宮は小さく笑いかけた。

この店で、自分だけが異分子のような気がする。『エリタージュ』のときにも感じた疎《そ》外感《がいかん》に、佐々木は焦《あせ》りすら覚えた。

馴染《なじ》みたいと思うのに、馴染むきっかけが見つけられない。自分から心を開くきっかけがわからない。

普段なら吉野《よしの》に相談できるのに、それすらも許されないのだ。

暗い海の底に沈んでいくような気持ちに、佐々木はいっそう滅入《めい》るのを感じた。


病室の窓から切り取られたようにみえる夜空に光るのは、夏の星座だろう。

「こんばんは。久しぶりだね」

答えることもない父に向かって、吉野は語りかける。病室には眠る父親と吉野以外は誰もいなかった。母たちはもう帰ってしまったのか、姿が見えない。

父の病状は相変わらずで、ただ日に日に痩《や》せていくことだけがわかる。

「もうすっかり夏だよ。庭の芝生、手入れしないとあとが大変だろうね」

平日の面会時間は午後三時から八時までで、終業のあとになんとか滑り込むことができた。今夜の見舞いは突然思い立ったので、佐々木にはオフィスからファックスを一枚入れただけだったたし、心配しているかもしれない。

けれども、佐々木に父のことを言えば、きっと彼はもっと心配するだろう。

苦しむに決まっている。そうでなくとも、佐々木は吉野家の跡取り息子をたぶらかしたことに自責の念を抱いているようなところも見え隠れした。

彼の心を苛《さいな》む結果になるとわかっていながら、あえて辛《つら》い宣告を口にすることなんて、吉野にはできない。それならば墓場まで苦い感情を持っていったほうがマシだ。

口にすればした瞬間から言葉はまるで重石《おもし》のように心にのしかかり、吉野を苦しめる。

本当は聞きたい。

今どうしているの。新しい店はどうなの、と。

ただ甘いだけの生活を満喫《まんきつ》することができず、それどころかささやかな箇所に不和の原因を見つけてしまう己が情けなかった。

悩んでも相談に乗らないと言ったのは、吉野のほうだ。なのに、自分が都合の悪いときだけ、傷ついたときだけ佐々木に頼《たよ》ろうなんてアンフェアだ。

なんでも言い合える関係が理想だと言うけれど、佐々木のあの硝子《ガラス》のように脆《もろ》くそして強靭《きょうじん》な心にどれほどの打撃を与えていいものなのか、吉野にはわからない。

「——ごめん、父さん……」

気づけば、思考の大半は佐々木へと向けられており、吉野ははっとした。

死の床に瀕《ひん》した父のそばにいるのに、自分は恋人のことを案じている。何よりもまず、父の容態を心配すべきなのに。

我ながら己の最低な思考に滅入《めい》りそうになり、吉野はため息をついた。

病院は、いつ来てもそこかしこが消毒液の臭《にお》いに満たされている。

幼《おさな》い頃はわからなかったけれど、ここには人々の日常から隔絶されたはずの死の臭いが充《み》ち満《み》ちていた。

「俺……本当にダメな息子だよね……」

先の大きな発作で弘《ひろし》は奇跡的に一命を取りとめたが、次に発作が起きたら、もう持ちこたえられないだろうと言われている。栄養補給も点滴に頼《たよ》っており、仮に脳死状態になったら延命はしないというのが姉たちの意見だった。

それだけ父の死が近づくということだ。終焉《しゅうえん》をたぐり寄せるということだ。

ぞっとした。

自分たちはそこまで偉《えら》いのだろうか。他人の命をどうこうできるほど高尚《こうしょう》な生き物な

のだろうか。

だが事実、姉たちが疲弊《ひへい》しきっているのは事実だ。いつ終わるとも知れぬ看病に追われることは、誰だって辛《つら》い。ほかに家庭を持っているならなおさらだ。

「――」

もうすぐ終わる。何もかもが。

父と築いてきた三十余年の日々が終わるのだと思うと、どうしようもなく苦しかった。それでも父のこの病院を、彼が息子に引《ひ》き継《つ》がせたいと願ってきたものを継ぐことはできない。自分がいるべき場所は、この死の臭《にお》いに満ちた場所ではなく、明るくのどかで他人の優しさにもっとも近い、あのレピシエでなくてはならなかった。

父がどれほど吉野を心配してくれていたか、言葉にしなくてもよくよくわかっていた。

このご時世では病院の経営も一つ間違えれば大失敗をするというのは知っていたが、それでも吉野が経営するささやかな事務所よりは遥《はる》かに安泰《あんたい》だろう。だからこそ父は、吉野に病院を継がせたがったのだ。

今の事務所は諦《あきら》めて、せめて仁科《にしな》と会社でもやれば、死出の旅に出る父を安心させられるだろうか。そのほうがよほどいいのだろうか。原田《はらだ》や緑《みどり》のために、なるのだろうか。

心のどこかでは、それは逃げ口上だとわかっている。相手のためだと都合よく口にしながらも、本当は自分が他人の人生の責任を負うのが怖《こわ》いだけなのだと。

いい息子になれなかった。いつも自分は父を心配させてばかりで、安らぎなど与えられなかった。彼の子供に生まれてどれほど幸せだったか、どれほど彼に愛されたかを感謝することもできないまま、この人は遠くに行ってしまうのか。

だけど許してください。

吉野は心の中で、父に何度も謝罪した。

それで罪を贖《あがな》えるわけがないと知りつつも。

たった一人の愛を選ばずにはいられないほど、吉野は不器用だった。愛に殉《じゅん》じることは馬鹿《ばか》げた行為かもしれないが、その愚かさこそが吉野の特質だった。

愛だけでいい。

この世にあるどんな高価な宝物も、どんな美しい宝石も要《い》りはしない。たった一人と交わす愛さえあれば、吉野はそれだけで生きていける。

「あら、貴弘《たかひろ》……来ていたの？」

不意に声をかけられて、吉野は顔を上げる。どこか疲れた様子の由美子《ゆみこ》が戸口に立っており、吉野の姿を見て微笑《ほほえ》んだ。

「姉さんこそ、こんな時間にどうしたの？」

「母さんのところに来たついで。旦那《だんな》が夜勤だから、顔を見に来たの」

「……そっか。お疲れさま」

「あなたも疲れてるみたいよ」

姉の言葉に苦笑を漏らしたが、しかし、普段父を介護してくれている姉たちのほうが負担が大きいはずだ。ここで愚痴《ぐち》をこぼすことなんてできるわけがない。

「姉さん、初美《はつみ》は？」

「初美は塾」

「そっか。よかったら夕飯でもどう？　何か奢《おご》るよ」

「あら、いいわね」

いつになく清々《すがすが》しく微笑《ほほえ》んだ由美子はぽんと手を叩《たた》いて、「だったら何か美味《おい》しいものご馳走《ちそう》してね」と言った。

思っていたよりも姉が元気なことに安堵《あんど》し、吉野は頷《うなず》いた。

「じゃあ、久々にお酒でも飲む？　ほら、山下町《やましたちょう》に海鮮が美味しいお店があったよね」

「ああ、『梅田《うめだ》』ね？　今日は車じゃないの？」

「まさか、電車だよ。オフィスから来たから」

こうして姉が日本酒を四合も飲んでしたたかに酔ったころには時刻も十一時を過ぎており、タクシーで姉を無事に送り届けてから、吉野もそのまま自宅へと向かった。

姉につきあって日本酒を飲んだせいか、少し眠い。

窓にもたれかかるようにうつらうつらしていると、そうでなくとも上り線が空《す》いていることもあり、すぐに表参道《おもてさんどう》に着いた。

思わぬ散財《さんざい》をしてしまったが、これくらいの姉孝行もいいだろう。そうでなくとも普段は姉にはとても世話になっている。

零時近くに部屋の扉を開けると、すでに佐々木は寝てしまっているのか室内は静まりかえっており、玄関とリビングの照明がむなしく煌々《こうこう》と輝いていた。

寝室を覗《のぞ》き、ベッドにそっと腰を下ろす。身を屈《かが》めるようにして、布団《ふとん》から頭と右手だけを出した佐々木の耳許《みみもと》に顔を近づけた。

「……千冬《ちふゆ》。寝ちゃった？」

佐々木は身じろぎもせず、ベッドに横たわっている。

今日こそ話をしたかったのだけれど。

死期が近づいた父に会ったこと、そこで思ったことを伝えたかったのだけれど。

「ごめん。遅くなって」

さらりと髪を撫《な》でても、ぴくりとも動かない。

寝ている彼を起こすのが悪くて、キスをすることさえ躊躇《ためら》われた。

「愛してる」

掠《かす》れた声で呟《つぶや》いて、吉野はそのままベッドからふらりと立ち上がる。

そういえば自分たち二人はもう何日肌《はだ》を重ねていないのだろうと、不意に思った。

「ランチボックスっていうのも、いいなあ」

佐々木の目の前に座《すわ》った如月は、のほほんとした顔つきで雑誌のページをめくる。今にも鼻歌でも歌いだしそうな和やかさだ。

一方の佐々木の心中はひどく荒れ狂っていて、まるで嵐《あらし》みたいだというのに。

「あのね、うちの店でランチボックス売り出すの。お昼時に」

反応しないのは佐々木に聞こえなかったせいと思ったのか、如月は改めて言い直した。うちの店。

もう慣れたはずの表現に胸が痛んだが、なんとかそれを押し隠すことに成功する。

「……どういうことだ？」

おかげで声が、少し掠《かす》れてしまう。

「ちょっと洒落《しゃれ》たサンドイッチとサラダをセットにして。ほら、このニース風のサンドとか、サーモンとアボカドのフォカッチャとか」

彼が指さしたページには、美味《おい》しそうなサンドイッチの写真が載《の》っている。確かにこれであれば、女性には受けるだろう。

カフェというコンセプトではないのでメニューに載せて店で出すことは難しいだろう

が、テイクアウトできるものを売り出すというのはいいアイディアかもしれない。そういうことをきっかけにラ・プリュイの味を覚えてもらうのは、大事なことだろう。

「旨《うま》そうだな」

「で、それにチラシとか名刺《めいし》をセットにしておくの。ほら、サンドイッチが美味《おい》しかったら、それがきっかけでお店に来る人もいるかもしれないし。お店の外でランチボックスを売れば、人も集まる気がするんだ」

なかなかいいアイディアだった——が。

「でも、誰が作るんだ？」

佐々木の疑問は、ごく当然のものだった。

「それは……皆で分担するしかないよ」

「これ以上負担は増やせないだろう」

そうでなくとも、コミを一人でこなす佐々木の負担は相当なものだ。まかないだって一手に引き受けているし、食材の買い付けを手伝い、野菜や魚の下処理を手伝い——こんなに働いたことはレピシエのときだってそうはなかったと言えるほどだ。

「だから最初は、限定十食とか二十食でちょっとにしておくの。バゲットは今お願いしているパン屋さんと交渉すれば、ちょっと割り引いてくれるかもしれないじゃん？　負担にならないくらいに手を広げるのもいいと思うんだけど」

如月の思いつきを片《かた》っ端《ぱし》から否定してかかるのも大人げないだろうと、佐々木はとりあえずは頷《うなず》いておくことにした。

「仁科さんに頼《たの》んだら、雑誌とかテレビで宣伝してもらえないかな。限定二十食くらいだったら、絶対人気出ると思うんだよね。原価ギリギリくらいにして」

「そうだな」

「ねえ、これ、試しに何か作ってよ。僕、お腹空《なかす》いちゃった。冷蔵庫、適当にあさっていいから」

彼があまりにも無邪気《むじゃき》に雑誌を指さしたので、佐々木は反射的に頷いた。

「わかった。見てみる」

佐々木が冷蔵庫の扉を開けると、すぐに生ハムとモッツァレラチーズが見つかった。それから野菜室にはルッコラとバジリコ、ひからびかけたトマト。

相談があるので、今日は如月の部屋に泊まることに決めたのだ。吉野も関西方面に出張だと言っていたので、ちょうどよかった。

「最近、藤居《ふじい》は?」

「ん、忙しいみたいだよ、お店。『カルミネ』が渋谷《しぶや》にカフェを出すから、そこのパティスリー部門をみることになったんだって」

「そうか」

藤居は彼なりに、着実にステップアップをしているらしい。

明日の朝食用にと買ってきたバゲットを半分に切り、それにさらに縦に切り目を入れる。そこにたっぷりの粒マスタードとバター、マヨネーズを塗りつける。それから生ハムとルッコラを適度に挟めば洒落《しゃれ》たサンドイッチのできあがりだ。

もう一つ、モッツァレラサンドのほうは少し下味をつけねばならないため、チーズを塩とオリーブオイルと粒こしょうに浸して置いておく。

食事と一緒《いっしょ》にコーヒーでも淹《い》れようと、手早くコーヒーメーカーをセットする。

だが、コーヒーの缶《かん》が見あたらない。おかしいと思って探すと、それはシンクの上に据《す》え付《つ》けてある戸棚にしまい込まれていた。こんな場所、如月には届かないはずだ。佐々木だってギリギリで手を伸ばしてようやく取れるのだ。

——藤居の仕業《しわざ》だろうか。

長身の青年が足繁《あししげ》くここに通っていることを想像し、佐々木は複雑な気分になった。

コーヒーメーカーにフィルターとコーヒーをセットし、佐々木はさらに料理を続ける。

そう難しいものでもないので、二つ目のサンドイッチもすぐにできた。

「どうぞ」

「うわ、すごく美味《おい》しそう！」

すぐに弾《はず》んだ声が返ってくるのだから、如月は食べさせ甲斐《がい》がある相手だと思う。

「で、相談って何？」

「あ……えっと」

こうして面と向かうと、話しづらいものがある。

「吉野さんがどうかした？」

先回りされてしまうと、自分がさも吉野のことしか考えていないかのようで、佐々木としてもちょっとへそを曲げてしまう。

「なんでそう思うんだ？」

「だって千冬の悩みって、料理のことや吉野さんのことくらいでしょ。僕に聞くのはいつも、吉野さんのことだし」

「どうして雨宮のことじゃないんだよ」

「雨宮さんのことは、千冬はあまり……悩まない気がするもの。べつにいいんだよ。僕のこと、頼《たよ》りにしてくれて。ほかの誰かに相談できるならとにかく、そうじゃないもんね」

ふふ、と如月は優しく笑った。

昨日、佐々木が家に帰ってみると吉野の姿はなかった。代わりに一枚のファックスが入っており、それには「遅くなります」としか書かれていなかった。

疲れきった佐々木が半分ふてくされつつ入浴を終えてベッドに潜《もぐ》り込《こ》んだころ、ようやく吉野が帰ってくる物音がしたのだ。

誰と飲んだのかは知らないが、吉野はずいぶんと酒臭かった。

寝たふりをしていた自分が本当は悔しくてたまらなかったことなんて、吉野は知らないのだろう……。

キスくらいしてくれればいいのに。

どこに行っていたのか、恋人が苦しんでいるとき酒なんて飲んでふらふら遊び歩いているのはなぜなのかと問い詰めたかったが、その勇気がない自分が悔しかった。

腹が立つのは、佐々木がこうして毎日必死で働いているのに、吉野はそのことをこれといって気にも留めてくれないことだ。もちろん佐々木が彼の反対を押し切って雨宮の店に行ったのは事実だが、一度くらい食事に来てくれたっていいじゃないか。

いくら約束したからって、何も聞いてくれないのは、無視されているようで辛《つら》い。

自分にはレピシエが必要だけれど、同じくらいに、吉野のことも必要だ。

料理を選んだと言いながらも恋愛と仕事の両方を同時に求める贅沢《ぜいたく》さに、彼は腹を立てているのだろうか？　呆《あき》れているのだろうか？

「とりあえず、食えよ」

「そうだね。いただきまーす！」

明るい声をあげた如月は、モッツァレラのサンドイッチにかじりつく。

「美味《おい》しい！　ねえ、こういうの、いつかレピシエでも出せたらいいね。朝から僕と千冬で用意するの、きっと楽しいと思うよ」

　夢のようなそんな光景を口にされると、複雑な心境になってしまう。自分は、雨宮みたいには振る舞えない。彼のように店を作ることなんて、できっこない。

　仁科に店をやるときは出資しろなんて吹っかけてみたところまではよかったが、それ以降についてはなんの目算もないままだ。

「そういえば、千冬とこうやってゆっくりするのも、久しぶりだよね。僕が千冬のこと独《ひと》り占《じ》めしちゃって、吉野さん、怒らないかな。日中も僕、ずっと一緒《いっしょ》だし」

「……知るかよ、あんなやつ」

「喧嘩《けんか》してるの？」

「そういうんじゃ、ない」

　吉野だって、言えばいいんだ。何が不満なのかわからないけど。

　佐々木がそう聡《さと》い性格ではないと知っているくせに、言わないでぐちゃぐちゃと不安ばかりをその心に溜《た》め込《こ》んで。

　挙《あ》げ句《く》の果てに結婚式をしよう、籍を入れようなんて言われたところで、佐々木にそれを受《う》け容《い》れられるわけがない。自分と吉野のどちらかが相手に従属するなんて、御免《ごめん》だ。

　たとえそれが形ばかりのものであっても。

「千冬、このごろ元気ないよね。いっつも難しい顔して、考え込んでるんだもの。なんで雨宮さんの仕事引き受けたの？」

「なんでって……」

それは、こちらのほうこそ如月に聞きたい。佐々木が黙ってしまうと、如月はその場を取《と》り繕《つくろ》うように、曖昧《あいまい》な笑《え》みを浮かべた。

「僕は、レピシエを再開したいから。だから、勉強のつもりで行ってるんだ」

「知ってる」

「けど千冬は、三か月って約束したんでしょう？　雨宮さんが言ってたよ。わざわざ時間区切ったのは、エリタージュに戻るから？」

「違う」

短く言い切ってから、ここでレピシエの話題を出してもいいものかと、佐々木は迷った。そうでなくとも口べたな佐々木には、自分の感情を上手《うま》く伝えることができない。だが、相手が幼馴染《おさなな》《じ》みの如月ならなんとかならないだろうかと、ゆっくりと口を開いた。

「レピシエをもう一度始めたい」

「え……そうなの⁉」

如月があまりにも素《す》っ頓狂《とんきょう》な声をあげたので、佐々木のほうこそ驚いてしまった。

だが、そこで如月が見せた表情はあまりにも硬く険しいもので、佐々木はじっと彼を見つめる以外なかった。

どうして喜んでくれないのか。

「睦《むつみ》……。おまえは、反対なのか？」

「そういうんじゃなくて……もちろん、すごく嬉《うれ》しいけど。でも、千冬にはまだやることがあるんじゃない？」

有《あ》り体《てい》に言えば——むっとした。

「おまえまで、そういうことを言うのか」

「僕にしか言えないでしょ」

「じゃあ、俺に何をしろって言うんだよ！」

「吉野さんのこととか」

「…………」

「千冬はすぐ、感情面が仕事に出てくるでしょ。吉野さんとのことで何か悩んでるなら、それを解決するほうが先決じゃない？　何かあるなら、僕に話してよ」

たいしたことじゃない。

今となっては、何がきっかけだったのかもよくわからないほどだ。

ただ、吉野が雨宮の店に行くことを反対して、自分は吉野の望みであるウエディング・パーティーを拒否して。それが始まりだった気がする。

「あの人のことと、レピシエのことは別だ。おまえは、レピシエを再開したくないのか？

俺よりも雨宮のほうがいいのか？」

「そんなこと言ってないよ」

「じゃあ、なんで……」

「千冬、何欲張ってるの？」

ぴしゃりと言われて、佐々木は呆然《ぼうぜん》と如月を見つめた。

「ラ・プリュイが開店してから二か月だから……えーっと、あと一か月半でレピシエを再開できるなんて甘ったれたこと考えてる？　何も考えないでただ再開するだけじゃ、また同じことの繰り返しだよ」

「けど！」

「僕がどうして雨宮さんの店に来たか、わかってないの？」

ずん、と胸の奥に深々と杭《くい》を打ち込まれた気がした。

「一時の勢いで何かをしたって、失敗するだけでしょう」

「じゃあ、おまえは失敗が怖《こわ》いのか⁉」

佐々木は声を張りあげた。

「怖いのは、何もしないで諦《あきら》めることだ。やっぱり無理だって、何もしないで投げ出すなんて、俺は御免《ごめん》だ！」

レピシエも恋人も幼馴染《おさなな》《じ》みも、全部欲しいなんて贅沢《ぜいたく》だってわかってる。

あの綺麗《きれい》な男がこの手に入るなんて、夢みたいだといつも思っていた。

夢はいつか終わる。吉野は終わらないと言い張るけれど、すべてが終わる日が、いつか必ずやってくる。

「――千冬、変わったね」

感心したような如月の声に、佐々木は目を瞠《みは》った。

「何が？」

「いろいろ。やっぱりエリタージュに行ったのは間違いじゃなかったのかな。嬉《うれ》しいよ」

だけど自分はラ・プリュイでの役割を終えたら、もう戻るところがない。

だから、本当は――レピシエが欲しい。レピシエを取り戻したい。

むろん、佐々木だって怖《こわ》い。もう一度失敗するのではないかと、心のどこかで怯《おび》えている。だけど、今試さなければ一生手に入らない気がするから、自分を鼓舞しているだけだ。

「だったら、失敗しないように考えようよ、千冬」

如月の手が伸びてきて、佐々木の右手にそっと重ねられる。

「僕たちがどうすればお店を始められるのか。どうすればもう二度と失敗しないのか」

「……うん」

「でもその前に吉野さんだよ。喧嘩《けんか》してるの？」

「喧嘩《けんか》って……わけじゃない」

佐々木は俯《うつむ》いた。

どこからなのか、自分たち二人を繋《つな》ぐ糸は少しずつもつれ始めている。

絡《から》まった糸を解きほぐす方法があるのなら、誰か教えてほしい。

ただ会話がなくてすれ違うだけなら我慢できる。でも、佐々木が恐れているのは、もっと別のことだ。もう少し自分が素直《すなお》ならそれを聞けるのに。

8

朝から点《つ》けたままのエアコンのおかげで、オフィス全体が少し肌寒《はださむ》い。

緑《みどり》は風邪《かぜ》で休みで、あの元気な声を聞けないとどこか淋《さび》しかった。

かたかたと途切れ途切れにキーボードを叩《たた》きながら、吉野《よしの》は心ここにあらず、といった感じだった。

「……吉野さん。折り入って話があるんですが」

不意に原田《はらだ》にそう切り出されて、吉野はそちらに視線を向ける。

「ん、どうした？」

「その……」

原田がきわめて言いづらそうな表情で俯《うつむ》いたので、吉野は助け船を出してやった。

「ちょうどいいから、飲んでかないか？　それとも約束でもある？」

「いえ……大丈夫です」

二人で連れ立って六本木《ろっぽんぎ》近くの焼き鳥屋に入り、カウンターに陣取《じんど》る。とりあえずはビールと前菜の盛り合わせを注文し、メニューの子細はあとで検討《けんとう》をすることにした。

運ばれてきた中ジョッキを手にして互いに何げなく乾杯《かんぱい》をすると、原田はそれを一息に半分ほど喉《のど》に流し込んだ。

「すごいね。喉、渇いていたの？」

「そういうわけじゃ、ないです」

原田は機嫌がいいのか悪いのか、よくわからない。

吉野としても気分が上向きではないだけに、今日は飲み明かしたい気分だった。くだらない世間話や政治の話をしているうちに、二杯目のジョッキも半分ほど空《から》になる。そのころには原田は真っ赤になっており、酔いが回っているようだ。

「——それで、話って？」

そこでようやく水を向けると、しばらくは原田は黙っていたが、やがて意を決したようにジョッキに半分ほど残っていたビールを一息に流し込んだ。

「このあいだも話題になったけど、俺、転職の誘いが来てるんです」

「そうか」

「外資で、年俸制《ねんぽうせい》なんだけど……けっこう条件もよくて。それで、俺……」

原田が抱く迷いは、吉野にもよくわかる。

こんな小さなオフィスで仕事をするよりは、大きな会社に所属していたほうがいい。吉野の友人たちだって華々《はなばな》しく活躍しており、中には年俸《ねんぽう》が億の単位という売れっ子アナリストもいる。

そんなとき、吉野のオフィスで汲々《きゅうきゅう》としているのはさぞや歯がゆいものだろう。

「移りたいなら移ってもいいんだよ」

「でも、俺が辞《や》めたら……先輩、この事務所はどうするんですか」

「そうだね、たぶん立ちゆかなくなるだろうけど。でも、そこから先は君が考えることじゃない」

突き放した口調になってしまったせいなのか、原田は複雑な顔つきで黙り込んだ。

「君が悪いわけじゃないよ、言っておくけど」

穏やかな笑《え》みを浮かべ、吉野はビールを喉《のど》に流し込む。そして、再び口を開いた。

「この不況じゃ、うちみたいな小さな会社をやっていくのは難しいよ。君が続けてくれたとしても、長くはもたないかもしれない」

「……でも！」

「君と緑の就職先が決まれば、もうオフィスも畳《たた》んでいいかと思ってる。だから……っ」

吉野はそこで言葉を切った。

「ふざけるなっ」

原田が突如、ぐいっと襟首《えりくび》を摑《つか》んできたのだ。

いつもはおとなしく陽気な後輩の乱暴な所行《しょぎょう》に、吉野は顔をしかめた。

「はら、だ……」

ざわり、と一瞬《いっしゅん》狭い店内に緊張が走る。

原田は中腰になり、吉野の襟首《えりくび》を掴《つか》んだまま、泣きだしそうに顔を歪《ゆが》めた。

「……なんで、そうなんですか……っ」

「ちょ、っと」

「先輩は、いっつも諦《あきら》めがよすぎます！」

育ちがよすぎて、おっとりしすぎて、優しすぎるから。

吉野は自分自身の短所も長所も知っていたし、それに周囲が歯がゆい思いを抱いていることもわかっていた。だが、どうすることもできない。

「あ……っと、すいません」

慌《あわ》てて原田が腕を緩《ゆる》めたので、吉野は襟を正した。

「……平気だよ」

「先輩はいいんですか。俺が辞《や》めても……会社を畳《たた》むことになっても」

「いざとなったら、仁科《にしな》さんがレストラン関係の仕事をしないかって誘ってくれてるし、そういう選択肢《せんたくし》もある。俺は他人を自分の我儘《わがまま》で縛《しば》りつけておくのが、嫌《いや》なんだ」

「じゃあ、佐々木《ささき》さんが別れたいって言ったら、別れますか？」

いつになく意地悪な原田の問いに、吉野は答えに詰まった。

「俺だって、諦《あきら》めてほしくないです！　仲間なのに、何もなかったみたいに、切り捨てられるのは嫌《いや》だ……甘いかもしれないけど、そんなの……嫌われるのより、辛《つら》い」

「君の将来が大事なんだよ」

「そうやって先輩は、責任逃れしてるだけだ！」

責任逃れ……？

あまりにも重い言葉を投げつけられて、吉野は呆然《ぼうぜん》と原田を見つめる。

「ホントに俺らの将来が大事だったら、一緒《いっしょ》にどうすりゃいいか考えてくれればいいじゃないですか」

「…………」

「ちっちゃい会社がダメだと思うなら規模を広げるとか、別の業態を考えるとか！　そういうことしないで、辞《や》めるなら辞めていいとか、次の選択肢《せんたくし》があるとか言って……。そういうの、逃げてるだけじゃないですか」

ぐうの音も出なかった。

「俺ならまだ独身だから、多少の冒険はできます。なのに、社員の俺たちになんの相談もしないで逃げるなんて……先輩は、自分勝手です」

知らなかった。いつもにこにこと明るく笑って仕事をこなし、時には佐々木との関係の相談に乗ってくれていた原田が、こんなに鬱屈《うっくつ》を抱え込んでいたなんて。

「……ごめん」

「謝るくらいなら、もっと真剣に俺の言ってること考えてください」

「うん……そうだね。どっちかっていうと、ありがとうだね」

安易なことを考えていた自分が、情けない。

送られてきた創業計画の資料を仁科に返せない自分の甘さ。自分のずるさを、ずばりと指摘された気がした。

もっと真剣に相手に向き合わなければいけないのに、吉野は不実な真似《まね》をしていた。

佐々木だけがいればいいと思って、ほかの人間のことを平然と傷つけていたのだ。


平日のランチタイム、正午を過ぎると厨房《ちゅうぼう》は戦場のような慌《あわ》ただしさになる。

ミーティングを繰り返してメニューを見直したりしたせいか、客足は少しずつ戻りつつあった。まだ本格的とはいえないが、夏場ということを考えれば悪くはない。

「佐々木、さ……ら……！」

内倉《うちくら》がそう怒鳴《どな》りかけ、そして振り返って気が抜けたように「どうも」と呟《つぶや》く。すでに彼の行動は予測しており、佐々木は付け合わせを盛った皿をセットしてあったからだ。

「千冬《ちふゆ》、グラスの白二つと赤一つ」

「はい」

フロアに手が足りないせいで如月《きさらぎ》の手を煩《わずら》わせることはできない。ワインを用意しながら次のメニューを頭に叩《たた》き込《こ》み、皿を用意する。

今度はデセール。

「あれ、五番テーブルの注文って肉二つだっけ?」

「魚が二つです」

なんの気なしに呟《つぶや》いた田辺《たなべ》の質問に応じ、佐々木は自分の作業を進めた。

裏方に徹するというのはあまり得意ではないが、しろと言われたからにはするほかない。さすがに二か月近く経《た》てば、佐々木も腹をくくっていた。

ばたばたと働きづめのまま、十四時過ぎに最後の客が出ていってランチタイムの営業が終わる。

汚れた皿を洗浄機にセットし、鍋《なべ》とフライパンを洗えば、ようやく昼休みになる。

今日は田辺と内倉が二人でまかないを作ることになっているので、佐々木は楽ができる。佐々木がずいぶん疲れているように見えたのか、雨宮《あめみや》がローテーションを組んでくれたのだ。そういう心遣《こころづか》いがありがたい反面、ちょっと憎らしくもある。

フロアの椅子《いす》を引いてそこに座《すわ》り込《こ》むと、シェフコートを脱いだ雨宮がつかつかとこちらに歩み寄ってきた。

相変わらず柔和《にゅうわ》な顔には表情がなく、それがちょっと不気味だった。

「具合、悪いんですか」

不意に問われても、億劫《おっくう》で顔を上げることができなかった。

「平気だ」

「夏ばてには早いですし、気をつけてくださいよ」

しっかりと釘《くぎ》を差されて、佐々木は俯《うつむ》いた。

「まかないだって、美味《おい》しいものを作ってくれるでしょうから、それ食べて元気を出してくれないと」

「それくらい、わかってる。あの二人、すごく……頑張《がんば》ってるし」

佐々木が店に慣れて気負いが消えるに従い、少しずつ厨房《ちゅうぼう》の全体像が見えるようになってきた。

こうなると、田辺たちが一生懸命やっているのも、おのずとわかってくるのだ。それなりに慣れてきたのか手際《てぎわ》もマシになってきたし、何よりも努力家だ。自分に与えられる評価ばかり気にして、彼らのことも正当に評価できていなかった。それが我ながら情けない。

「彼らに対して、佐々木さんの評価も上がりましたか。嬉《うれ》しいですね」

本当に嬉しいと思っているのかは疑わしいほど硬質な声で言ってのけ、それでも雨宮は頷《うなず》いた。

「お待たせしました」

明るい声とともに、いい匂《にお》いがこちらに近づいてくる。

「今日はパスタ作ってみました」

「珍しいですね」

「好きなんすよ、パスタ。ほら、女の子とかパスタ好きだし」

じつは軟派な性格だという内倉が説明を加え、各自のテーブルにパスタの皿を置いていく。白いプレートに盛られたパスタは面白《おもしろ》い形をしていて、直輸入のもののようだ。パスタとあえてあるキノコはマイタケとシメジ、それにエリンギだろう。パルメザンチーズとニンニクの香りが食欲を誘う。

めいめいがフォークを取って食べ始めたので、佐々木もそれに倣《なら》った。

「……旨《うま》い……」

思わず漏れ落ちた小さな呟《つぶや》きを聞いて、傍《かたわ》らを歩いていた内倉が「だろ?」と得意げな顔で同意を求めた。

「うん、旨い」

素直《すなお》な賞賛の言葉に、年下の料理人二人は胸を張る。

「今度、これ……家で作るから、レシピ教えてくれないか」

佐々木の遠慮《えんりょ》がちな言葉を聞いて、内倉は「もちろん」とにこやかに答えた。

ちらりとフロアの端《はし》に視線を向けると、如月が笑顔《えがお》を向けてくる。

吉野にも、こんなものを食べさせてやりたい。美味《おい》しいものを作りたい。

そうは思う。だけど……。

噛《か》み合《あ》わない歯車がいくつもいくつもあると、それはいつしか暴走してしまいそうだ。


「……ただいま」

軽い気持ちで始めた残業は、思いのほか長引いた。

昨日原田に叱咤《しった》されて俄然《がぜん》やる気を出したのではなく、彼に怒られたことでいろいろと考え込んでしまい、予定どおりに仕事が進まなかったのだ。

明かりが点《つ》いていたので「お帰り」という挨拶《あいさつ》を期待していたのだが、佐々木の姿は玄関にはない。不審《ふしん》に思いつつ廊下《ろうか》を進むと、彼はダイニングで椅子《いす》に腰掛け、難しい顔つきでノートを睨《にら》みつけていた。

「千冬、どうしたの？」

「――べつに、なんでもない」

「なんでもないって顔じゃ、ないけど」

こんな深刻な顔でなんでもないなんて嘘《うそ》をつかれるのも、ある意味では情けない。

吉野は彼に背後から抱きついて、その髪の毛に唇《くちびる》を寄せる。シトラス系のシャンプーの爽《さわ》やかな匂《にお》いがした。

身体《からだ》を重ねたいと望めばそれができるほど近い距離にいるのに、それを許さない薄い被《ひ》膜《まく》が佐々木の周りにはあるようだ。

「――いいだろ、べつに。雨宮に、宿題出されたんだよ」

「宿題？　レシピとか？」

柄《がら》にもなくノートとペンを取り出して、佐々木は何事かを懸命に考えている。確かにそれは、宿題をやる子供みたいだと思えば納得がいくものだ。

「うん。客足が戻ってきてるから、次はそれを定着させるメニューを考えたいって。あとは企画とか」

まるで経営コンサルタントのようだ。

仁科に言われた新会社の設立構想を思い出し、吉野の心にも一瞬《いっしゅん》暗いものがよぎる。

どうせ断ると心に決めたのだから、早くしなくてはいけない。

「客足が戻ったってことは、今まで苦戦してたの？」

考えてみれば、自分から佐々木にそういった問いをぶつけるのは初めてだ。

佐々木は目を丸くしてから、「関係ないだろ」とぶっきらぼうに答えた。

「関係ないって……」

「今さら、そんなこと聞いてどうすんだよ」

佐々木は苛立《いらだ》ちを堪《こら》えるような口調で言うと、ノートをばしっと畳《たた》む。

「自分のことは自分でするって約束だろ。ほっといてくれよ」

これでは自縄自縛《じじょうじばく》だ。吉野が定めたルールがあだになり、愛《いと》しい人の悩みを聞き出すことさえできないというのか。

「だって……」

「あんたのほうだって、俺に言いたいこと、ないのかよ」

はずみで口にした台詞《せりふ》は、思わぬ波紋を引き起こす羽目になった。

「親父《おやじ》さんのこと、とか……俺は……すごく、心配なのに」

ずるい。そんなの、反則だよ、千冬。

吉野の不安につけ込むように優しくされると、心が溶けてしまいそうだ。

「ごめんね、心配させて。だけど、大丈夫だよ」

吉野はそう呟《つぶや》いて、佐々木の肩を軽く抱いた。

本当は言ってしまいたかった。どうしてこんなに心が離れていくのか、聞いてしまいたい。自分の思いの丈《たけ》をぶちまけたかった。だけど、それはフェアじゃない。

自分だけが弱みを晒《さら》して相手に甘えるような人間になんて、なりたくないのだ。

「心配することなんて、全然ない」

にこりと吉野は笑ってみせると、佐々木の肩に軽く手を置いた。

「病院のこととかは……？」

「いいんだよ。あの家とは、縁を切るって話したじゃないか」

「けど……！」

「それより俺、本籍を移そうと思うんだ。今はその気がなくても、いずれ君が俺の戸籍に入ってくれる気になったら、本籍がそのままだと厄介《やっかい》だろう？　手続きも難しくないし、君さえよければ……」

「——なんで、なんだよ……」

吉野の言葉を遮《さえぎ》り、呻《うめ》くように佐々木は呟《つぶや》いた。

「え？」

ばしっと肩に置いた手を振り払われ、吉野は呆然《ぼうぜん》と佐々木を見下ろす。

「なんで、あんたはいっつもそうなんだよ！」

佐々木はそう怒鳴《どな》りつけると、突然立ち上がる。

彼がばたばたと足を踏みならすようにして自室に飛び込み、ばたんとドアを閉めるのが、こちらにまで聞こえてきた。

態度が豹変《ひょうへん》したことに吉野は驚き、しばらくその場に佇《たたず》んだままだった。

いったい何が、佐々木の心に触ってしまったのだろうか。それがわからなかった。

「そっちこそ、なんなんだよ」

吉野はそう呟《つぶや》いて、拳《こぶし》で冷蔵庫の扉を叩《たた》く。

佐々木の不安がわからない。彼の悩みを聞こうとしても、聞くことができない。

支えたり支え合ったりしたいのに。


「…………」

佐々木の薄い唇《くちびる》から、ため息が零《こぼ》れる。

自己嫌悪《じこけんお》、だ……。

どうして昨日は、吉野にあんな八つ当たりをしてしまったんだろう。

今となっては理由は笑ってしまえるほどに明白だったが、それを上手《うま》く説明できない自分が嫌《いや》だった。昨晩は最初に「嫌だ」という拒絶の感情が溢《あふ》れてきて、自分にも理由を把握《はあく》できなかったのが敗因だ。

結婚なんて、したくない。どちらかの戸籍に入るなんてそれが不公平な気がしたし、そもそも、そんな覚悟自体ができていなかった。

それに結局、自分は吉野が家族と縁を切ることには反対なのだ。少なくとも佐々木が原因で絶縁だなんて、あってほしくない事態だった。

吉野は何も教えてくれない。秘密のオブラートで本心をくるみ込み、隠してしまう。本当に大事なことにも、佐々木が怯《おび》えていることにも、気づかないふりをして。

自分はそんなに頼《たよ》りにならないだろうか。相談するに値しない人間なのだろうか。

子供扱いしてるから、自分のことを養子として籍を入れたいなんて言いだしたのか。

おまけに、今さら店のことを聞かれたって、腹が立つだけだ。佐々木が一番辛《つら》いときに、何も聞いてくれなかったくせに。そう思うと、自分も悪いと知っていながらも、謝る気力すら失《う》せて、ますます怒りが募ってくる。

仕事には支障を来《きた》していないはずだったが、浮かない気分で料理をすると、どっと疲れてしまう。そんな修行の足りない己の姿に、ますます嫌気《いやけ》がさしてきた。

「佐々木」

目の前に立った田辺は、憮然《ぶぜん》とした顔つきで、勢いをつけて右手を突きつける。

「な…に……？」

ぎょっとした佐々木の胸に押しつけられたのは、アルミホイルで包まれた塊《かたまり》だった。

「これ、余り物だけど……洋梨《ようなし》のタルト。疲れてるっぽいし」

「――――」

「あんた細いから、心配なんだよ。甘いもの食うと、身体《からだ》にいいから」

「ありがとう」

おまえが太めなんだろうと嫌味《いやみ》を言う気持ちも起きず、ただ素直《すなお》に礼の言葉が出てきた。それを聞いた田辺は一瞬《いっしゅん》目を瞠《みは》り、そして照れたように小さく笑った。その表情の変化は正直に言えばずいぶんと意外なもので、佐々木は驚いてしまう。

「俺らのフォローして、疲れてんだろ。たまにはゆっくりしろよ」

途端に早口になり、彼は「じゃ！」と言い残してその場を立ち去ってしまう。よく、わからないけど。

認められたのだろうか。彼らの中に、入れてもらえたのか。

タルトはさほど大きなものではないだろうが、だが、それが何よりも重く感じられた。嬉《うれ》しかった。

「佐々木さん」

不意に雨宮に声をかけられ、タルトを手にしたまま立ち尽くしていた佐々木は振り返る。

「明日、休みでしょう。よかったら飲みに行きませんか」

「え……」

佐々木は目を丸くした。下戸《げこ》ではないのだが、自分はあまりアルコールをたしなむほうではない。それに、他人と語り合うのに酒の席を選ぶタイプではなかった。

「まだ開いてる店はありますし」

銀座《ぎんざ》の界隈《かいわい》で酒を飲むなんて、それこそバーとかクラブとか、ビールが一杯何千円というところだろうか。つきあいで行くにしても、自分の財布《さいふ》の負担は重いものになりそうだ。俄《にわか》には反応できず黙り込んだ佐々木を見て、雨宮は微《かす》かに笑った。

「ただの飲み屋ですよ。今日は土曜ですから、四時くらいまでやってますし」

「なら、行く」

「そうしましょう」

雨宮はにこりともせずに佐々木を誘い、連れ立って歩き始めた。その前に一度吉野に電話を入れようと、佐々木は店の電話を借りる。手早く吉野に今日は雨宮と食事をするから遅くなると伝えると、彼は「気をつけて」とだけじつに素っ気なく答えた。

雨宮はきっと、従業員通路のほうで待っているはずだ。佐々木は受話器を戻すと、急ぎ足になって彼のほうへと駆け寄った。

「悪い」

「いいですよ」

彼は、何も聞かない。

個人としての佐々木には、まったく興味がないのだろうか。

佐々木は雨宮に興味がある。この男と店をやりたい。一緒《いっしょ》に厨房《ちゅうぼう》を作りたいと思ったのに、隣《となり》にいればいるほど感じるこの違和感は、なんなのか。

夜気はまだじっとりと湿り気を帯び、皮膚《ひふ》にまとわりつくようだ。不快感と紙一重《かみひとえ》なのに、雨宮はいつものように涼《すず》しい顔をして歩く。

それが誰かに似ていると思ったら、仁科に似ているのだ。

「ここです」

「……近いな」

雨宮が案内した居酒屋は、『ラ・プリュイ』からすぐのところにあった。普段はこんなところに居酒屋があるなんて、気づかなかった。

「ええ」

土曜日なので席があるだろうかと不安になったが、こんなに遅くに飲みに来る客もそう多くはないのだろう。店は七割弱の入りで、まだまだ空席もあった。

「いらっしゃいませ！　二名様ですか？」

「はい」

飲み屋独特のにぎやかな声、騒音。喧噪《けんそう》。それらがない交ぜになった空気は、何度か連れていかれた『アンビエンテ』ともまた違い、佐々木にとっては物珍しかった。

雨宮と佐々木は四人掛けのテーブルに案内され、そこに腰掛けた。

「先にお飲み物をお伺いしますが」

髭《ひげ》を生やした若い男性店員に聞かれ、雨宮はメニューも見ずに「ビール。中ジョッキで」と言った。それもまた意外で、佐々木は内心で目を丸くしてしまう。

「俺は、ウーロン茶」

雨宮に張り合ってビールを飲むつもりなんて、さらさらない。そもそも佐々木はあまりアルコールが得意ではなく、料理に最低限必要な知識しかなかった。

「何頼みますか？　ここ、揚《あ》げ出《だ》し豆腐《どうふ》とか煮付けとか、そういうのが美味《おい》しいですよ。サラダ系なら、大根のはりはりサラダとか」

はりはりとはいったいなんのことだろうとも思ったが、それはあえて突っ込まないでおく。和紙に印刷されたメニューはシンプルで見やすい。ただ、夜間のメニューはだいぶ限定されてしまうようだ。

「任せる」

「肉とか魚とか、食べたいものは？　焼き鳥もありますよ。串《くし》の盛り合わせとか。ここの鶏《とり》は比内鶏《ひないどり》なんです」

「じゃ、それでいい」

正直に言えば、食欲はあまり感じていなかった。夏ばてだろうか。残暑にやられたらしく、毎日が暑く、息苦しくてならなかった。

「もしかして、体調悪いんですか？」

「べつに、平気だ。悪いなら断ってる」

「そうですか」

雨宮は淡々とした様子で料理の注文を片づけ、佐々木のほうに向き直った。そして、軽く頭を下げる。

外見は淡泊《たんぱく》そうに見えるくせに、雨宮はかなりの健啖家《けんたんか》だ。まかないの食事もするすると食べてしまい、その端然とした様子が崩れるところを、佐々木は見たことがなかった。すぐにビールとウーロン茶が運ばれてきた。男二人で乾杯《かんぱい》するわけにもいかず、雨宮は「じゃあ」とだけ言ってそれを飲み始めた。

「おかげさまで、ラ・プリュイもなんとかなりそうです」

「……俺の力じゃないだろ、そんなの」

なんだよ、何を言いだすんだ。

まるで当てつけのようにそんなことを言われて、佐々木は苛立《いらだ》ちすら覚えた。

「皆のおかげですよ。僕一人の力ではありません」

少しくらい傲慢《ごうまん》になってもいいのに、彼はあくまで謙虚《けんきょ》だ。その上《うわ》っ面《つら》の整った顔から無表情の仮面を剝《は》ぎ取《と》って、彼が何を考えているのか知りたいものだと思う。

コミになれと言いだしたのは、ほかでもない雨宮自身だ。

彼の考えなど、わかるはずもない。

「佐々木さんが、うちの店に来てくれてもう二か月経《た》ちますね。うちはどうですか？」

「どう、って」

「店のやり方とか。『エリタージュ』みたいな高級店とは、全然違うでしょう」

突《つ》き出《だ》しが運ばれてきて、雨宮は優雅《ゆうが》な仕草で割り箸《わばし》を割る。ウーロン茶とそれではあまり決まらないが、佐々木も空腹だったのでちびちびと食べ始めた。

「それは人それぞれだろ。それより、あんたは、何がしたいんだ？」

「何とはどういうことですか？」

「仁科と組んで、店作って。それでいいのかよ」

ついつい挑発的な口調になってしまったが、雨宮は取り合わなかった。その柔和《にゅうわ》な表情は、揺らぐことがない。

「オーナーシェフばかりが料理人の生きる道ではないでしょう」

たしなめる口調はやわらかく、苦笑さえもはらんでいるようだ。佐々木は雨宮の言葉にどう答えるか逡巡《しゅんじゅん》し、そして黙り込んだ。

「もっとも、佐々木さんはきっと、オーナーシェフになるのが合ってますよ」

「……じゃあ」

一緒《いっしょ》にやろうと言おうとした佐々木の機先を制し、雨宮は滑らかな口調で続けた。

「ですが、僕の生き方とはまた別です。僕にはやりたいことがある」

「やりたいこと……？　あんたのやりたいことって、ラ・プリュイみたいなものか？」

「それをあなたに答える必要はないはずです」

雨宮は穏やかに言い切った。

「でも、俺は知りたい。なんであんたが俺を選んで、俺を……」

「コミにしたか、ですか？」

「そうだ」

「――優秀なコミがいてくれたほうが、こっちとしても都合がいいんですよ。あの二人を料理人としてきちんと育てるには、すべてを見通せる人間がいたほうがいい。あなたが何も言わずにフォローしてくれているのは、彼らもようやくわかってきたようですし」

「育てる……？」

意外な台詞《せりふ》に、佐々木は思わずそれだけを抽出《ちゅうしゅつ》してしまう。

「ええ。僕のような若造《わかぞう》には、おこがましいことですが」

「育てるって、どうして？」

料理人の仕事は料理であり、弟子の育成は二の次で、副産物にしかすぎない。

「優秀な料理人は、一人でも多いほうがいいでしょう。それだけのことです」

「せっかく育てたって、見込みのあるやつはいずれ出ていくだろう」

「そうしたら、また次の料理人を育てればいい」

彼の言葉は簡素なものだった。

「なんで……」

「好きなんですよ。それに僕は、たとえば島崎《しまざき》さんのように花形シェフにはなれません。だからこそ、いい料理人を育てたいんです」

雨宮はそうやって人を育てることで、この業界に彼なりの足跡《そくせき》を残そうとしているのかもしれない。

「俺には、そんなこと……できない」

「ええ、僕もそう思います。あなたには向いてないでしょうね」

雨宮はさらりと言い切った。

「だったら……」

「誰にだって、向き不向きはあります。皆が皆、同じやり方をする必要はないでしょう」

彼の言葉は氷柱《つらら》のように突き刺さる。

「あなたの料理は家庭的で穏やかですが、それでも料理人としての華《はな》がある。佐々木さんには、ご自分で店をやるのが似合っていますよ」

だったらどうして。なぜ自分を、あえて選んだのか。いったい、なんのために。

わからない。

だけど、一つだけ理解できることがある。

自分は雨宮に敵《かな》わないのだ。この男に勝負を挑もうなんて思ったことが、間違いだった。雨宮は人間的にも、料理人としても優れた資質がある。彼は、もっともしたたかに仁科を利用しているのだ。

仁科の資本と財力、そして眼力を。

「俺は、まだ……『レピシエ』を再開できない」

如月に啖呵《たんか》を切ったものの、本当は自信がない。いや、自信だけじゃない。もう一度店を始めて、失敗してしまうことが怖《こわ》い。また何かを失うのが怖い。怖いから、強気に振る舞おうとしているだけだ。

人間は簡単に、自分が手にしたものを失ってしまう。

それは店や友人、栄光ではなく——恋人の愛情でさえも。

「だったら失敗しなければいいでしょう」

「そんな簡単に言うなよ！」

「まあ、いいから少し食べたらどうですか。せっかく注文したのに」

「あ、うん」

佐々木は大根のサラダを箸《はし》で小皿に取り分け、それを口に運ぶ。薄くかつらむきにした大根を使ったサラダは美味《おい》しく、酢橘《すだち》の味が効《き》いている。

「こういうところ、よく来るのか」

「そうでもないですよ。以前、仁科さんに連れてこられたことがあって」

「……あいつのこと、どう思ってる？」

「有能な実業家です。ああいう相手に巡り合えるのは、僕のような料理人には僥倖《ぎょうこう》です」

雨宮はそこで初めて微笑を漏らした。

「そう、か」

仁科に利用されるだけでなく、利用すればいい。傷つけられるだけでなく、それに見合う利益を手に入れればいい。その理屈《りくつ》はわからないでもない。

だけど自分はまだ迷っている。どうすればあの店を、あの日々を取り戻せるのか、わからないままだ。

たとえばレピシエに必要なのは、厨房《ちゅうぼう》に立てるスタッフだ。しかし雨宮が無理ならば、ほかにあてがない。佐々木の味を作れる相手に心当たりがなかった。一瞬《いっしゅん》、エリタージュの後輩である康原《やすはら》の顔が脳裏をよぎったが、彼が求めるものと佐々木の持ち味は違う。

それに、たとえ一緒《いっしょ》にやりたいと思える相手に出会ったとしても、雨宮のように拒絶されるかもしれない。だが、いずれは自分で見つけなくてはいけないのだ。

誰かに何か教えてもらったりするのではなく。

佐々木がレピシエを取り戻すために必要なものは、この手で獲得しなくてはいけないのだ。

9

憂鬱《ゆううつ》。その漢字を心の中で何度、吉野《よしの》は繰り返し書いただろう。

外は憎たらしくなるくらいの快晴。夏の青空が美しい。

なのに、自分たち二人はソファの端《はし》と端に座《すわ》ったまま、会話一つない。佐々木《ささき》は不機嫌そうに料理の雑誌をめくっている。

いったいいつからこんなことになってしまったのか。ほんの少し前までは、もう少し関係もマシだったはずなのに。

吉野は新聞をめくりながら、佐々木にちらりと視線を投げる。すると彼はそれに気づいたのか、「出かけてくる」と立ち上がった。吉野は慌《あわ》てて、その腕を摑《つか》む。

「出かけるって、どこ?」

「買い物」

「つきあおうか?」

「忙しいんだろ」

どこか棘《とげ》のある口調でそういうと、佐々木は吉野の手をぱっと振り払う。

日曜日は丸一日一緒《いっしょ》にいられる数少ない機会だというのに、佐々木はやけに素っ気ない。これまでは買い物は一緒にしていたのだが、ここのところはどうも雲行きが怪しく、無理に一緒に出かけることはできそうになかった。吉野は仕方なくダイニングテーブルで書類を広げ、この隙《すき》に仁科宛《にしなあて》の手紙を書くことにした。

返そうと思いながらも手元に置いてあった創業計画書をようやく送り返す決心がついたのだ。しかし、今度はそれにどのような手紙を添えようかと悩んでしまう。

この書類が佐々木に見つかれば、厄介《やっかい》なことになる。二人の関係がもう少し円滑《えんかつ》な時期だったら冗談《じょうだん》めかして話題にもできただろうが、今こんなものを見つけられたら、ただの爆弾でしかない。まったく、仁科も面倒なことをしてくれたものだ。

しばらくああでもないこうでもないと手紙を書いてはやめ、書いてはやめとしているうちに、玄関先から「ただいま」という声がする。

あっという間に三十分近くが経過していたらしく、紙袋を抱えた佐々木がこちらにやって来た。

「お帰り、千冬《ちふゆ》」

書類を隠す暇はなかったが、佐々木に見つかる前に片づけてしまえばいいだろう。こんな綱渡りをさせられる羽目《はめ》になるとは思わず、さすがの吉野も内心で苦笑した。

「今日のお昼は？」

「パスタ。キノコのやつ」

「楽しみだな」

すぐに会話が途切れた。

お互いに意地を張り始めればきりがないというのは知っている。しかし、佐々木が自分の助けや慰めが必要ないという以上はないのだろうと、そう信じるほかなかった。佐々木の性格上、彼が新しい店のスタッフと上手《うま》くいっていないであろうことは容易に予想がつくのだが、だからといって慰めればいいというものでもない。

さらさらと心の中に砂が溜《た》まっていく気がした。言えない言葉が増えるたびに、吉野の中には砂が溜まっていく。その嫌《いや》な感触に、吉野は視線を落とした。

ともあれ今のうちにテーブルを片づけておこう。そう思って書類をかき集めているうちに、そのうちの一枚が佐々木の足下に落ちた。

「落ちたけど、これ」

「あ……ごめん」

その書類を拾い上げた佐々木の表情が、いっそ見事なほどありありと曇っていく。

「――創業……計画？」

佐々木の不審そうな声音に、吉野はしまったと思ったが、後の祭りだった。

険悪な顔つきで睨《にら》みつけられれば、観念するほかない。

「仁科さんに返そうと思ってたんだ。俺にはもう、必要ないものだから」

「必要ないって、どうしてこんなもんがうちにあるんだよ」

一度は躊躇《ためら》ってから、吉野は意を決して口を開いた。

「仁科さんに、一緒《いっしょ》に会社を興《おこ》さないかって誘われたんだ」

呆《あき》れたように小さく口を開き——そして佐々木は、こちらを見た。

「……嘘《うそ》、だろう？」

「嘘じゃない。本当だ」

「で、あんたはのこのこと仁科のあとをくっついて、会社を作んのかよ？」

「まさか」

短い言葉で強く否定したつもりだったが、佐々木の苛立《いらだ》ちは消えなかったようだ。

「けど、こんな書類を後生大事に持ってんだから、気になってるってことだろ⁉」

佐々木の追及はいつになく厳しかった。

「気になったのは、事実だ。でも、俺は仁科さんの話を断るつもりだったんだ」

「断るつもりなら、その場で断ればいいだろ！　断れなかったのは……興味があったからじゃないのか！」

「そうは言っても、すぐに断るのも、角が立つよ。友人とはいえ仕事の話だし」

だが、佐々木はそれだけでは納得してくれなかったようだ。泣きだしそうな、怒りに震えた表情で吉野を睨《にら》み据《す》えた。

「俺のこと、どうでもいいって顔して……結婚とか甘いこと言って適当に誤魔化《ごまか》して、裏でそうやって、仁科とあれこれやろうとしてたのか……」

佐々木の声が掠《かす》れ、鼓膜《こまく》の上で揺れて、滲《にじ》む。いっそ悲痛とも思えるほどの声だった。

「結婚のことは、それとは関係ない」

「そう言われて信用できるかよ」

ふっつりと、心の中にある糸が切れてしまったような気がした。

「あんただって俺のこと信じてないだろうけど！　俺だってあんたのそういうところが信じられないんだ！　なんで隠すんだよ。どうして相談しないで……」

佐々木が雨宮《あめみや》の店に行くと言い張ったときのことを思い出し、吉野の胸は疼《うず》いた。

「――信じてほしいって思っても、信じてくれないのは……君のほうじゃないか」

吉野は疲れきった声で呟《つぶや》いた。

愛だけで縛《しば》りたい。愛だけで彼を染め上げたい。愛だけで、それだけでいいのに。だけど、そうするのは佐々木の成長も夢も何もかも、奪ってしまいかねない。それではいけないから、吉野は懸命に自制しているのだ。

「君を不安にさせないようにしたい。君を守っていきたい。それだけだ」

第一、今の佐々木は、吉野の不安をなくすために何かしてくれるだろうか。

唇《くちびる》で通じ合う拙《つたな》い愛の表現はいつも愛《いと》しいものだけれど、吉野の心を受《う》け容《い》れてくれているという証《あかし》が欲しい。それを求めすぎてしまいそうな自分が怖《こわ》くて、だから吉野は、ただそばにいて彼を見守ることだけを選んだというのに。

「あんたは人を裏切るのも、俺のためだって言いたいのか？」

「裏切ってなんて、ない」

吉野は短く言い切った。

「こういう大事なことを言わないこと自体裏切ってんだ！」

吐き捨てるような佐々木の言葉が勢いで出たものなのか本心なのか、今の吉野にはまったくわからなかった。

「俺のことが、そんなに信じられない……？」

「――信じたい……けど、あんたはそうやって、何も教えてくれないから……」

ずきりと胸が痛んだ。

今の今までの激高《げっこう》したやりとりが全部彼の本心だとは、思っていない。

ただ彼が、自分に不信感を抱いているのは事実なのだろう。

「何が、怖いの？」

そっと手を伸ばして佐々木に触れれば、彼はそれを振り払おうとする。

「俺が……『レピシエ』もあんたも欲しいって言ったら、贅沢《ぜいたく》だって思うんだろ。料理もあんたも欲しがったら、ずるいって思うんだろ……」

「そんなこと、思わないよ」

「嘘《うそ》だ。どっちも手に入れたら、ばちが当たるに決まってる」

「嘘なんて、つかないよ。君に嘘はつきたくない」

吉野は視線を床に落とし、俯《うつむ》いたままそう呟《つぶや》いた。

お互いに不安なのだ。自分たちはこんなにそばにいて、愛し合っているはずなのに、どうしようもない不安を抱えている。

愛情は目には見えないから、形にはできないから。

言葉や仕草だけでは伝えきれないから。

たとえウエディング・パーティーをしたとしても、世界中の人に自分が佐々木を一生愛し続けると誓ったとしても、きっと、彼の不安は消えないのだろう。

自分を信じきってはくれないのだろう。

そう思うと、悲しかった。悲しくて切なくて、泣きたい気持ちにすらなる。

「…………悪い。でも、怖《こわ》いんだ。あんたは優しいから、別れるときも俺に何も言わないで、突然、俺の前からいなくなるかもしれない。そう思うと……すごく不安になる」

佐々木のいつになく素直《すなお》な言葉を聞いて、吉野は首を振る。いつしか、愛《いと》しい人にこんな思いをさせてしまっていた自分が悪いのだ。

「――来て」

吉野は佐々木の腕を摑《つか》むと、立ち上がった。

信じられないというのなら、信じさせてやればいい。

自分がどれほど、彼を愛しているか。

Tシャツにジーンズというきわめてカジュアルな服装のままだったが、吉野は財布《さいふ》を摑んでそれをポケットにねじ入れる。玄関先に置きっぱなしだった車のキーを握り締め、佐々木に靴《くつ》を履《は》いて家から出るよう促した。

「まだ、怒ってんのか……？」

「それ以前の問題だよ！」

感情を抑《おさ》えるすべがわからずに、吉野は怒鳴《どな》った。

滅多《めった》にない吉野の乱暴な口調に、佐々木はぎょっとしたらしい。見る見るうちに、彼の表情が怯《おび》えたものに変わり、吉野はそれに気づいて語調を和らげる。

「どうしたら君を信じさせられるのかわからない。どうしたら、君と一緒《いっしょ》にいられるのか、わからない。ただ、君を……君のことを好きなだけなのに……」

互いに何度も同じことで悩むのは、結局、どんなに言葉と心を重ねても、性格の本質までは変えることができないからだ。今、この不安が治まったとしても、二人は永遠に同じ苦しみを味わうのだろう。相手を失うことに怯《おび》えるのだろう。

佐々木を地下の駐車場まで引っ張っていって、半ば無理やり車に押し込める。こんなシチュエーションは前にもあったな、とぼんやりと考えながら。

車の中で、佐々木は押し黙ったまま一言も口を利《き》こうとしなかった。

交差点の信号待ちで逃げられてしまうのではないかと内心で恐れていたが、まるで意地を張っているかのように、彼はぴくりとも動かなかった。

とりあえずは、銀座《ぎんざ》あたりでいいだろう。あそこに目当ての店があったはずだ。日曜日の昼下がりということで歩行者天国ができたりしていて厄介《やっかい》だったが、なんとか車を駐車場に停《と》めることに成功し、吉野は適当な宝飾店に入った。適当なといっても、字面《じづら》やロゴには見覚えはある有名な店だった。

「ちょ、っと」

明らかに場違いなことに動揺《どうよう》しているのか、佐々木は声をあげる。

「指輪、買うから」

吉野は押し殺したように囁《ささや》いた。

「指輪って？」

「マリッジリング」

「――マリッジって、結婚、指輪？」

「ほかに何があるの」

自嘲《じちょう》するような声音で吉野は呟《つぶや》き、ウィンドウへと向かう。エンゲージリングやマリッジリングは別のコーナーを作ってあるから、すぐにわかった。

永遠を誓えるのなら、なんだっていい。銀でも金でもプラチナでも。屋台で百円で売っているおもちゃだっていい。

永遠が欲しい。変わらないものが欲しい。

絶対に失わずにすむ、愛が欲しい。

「いらっしゃいませ。本日は何をお探しでしょうか？」

宝飾店の制服を着た女性店員が、吉野に近寄ってくる。吉野は笑《え》みを浮かべ、汗《あせ》で額《ひたい》に張りついた前髪を掻《か》き上《あ》げた。

「マリッジリングを見せていただけますか」

吉野はもう、躊躇《ためら》わなかった。傍《かたわ》らでは佐々木が真っ赤になっているのくらい、気づいている。だが、それに頓着《とんちゃく》してやれるほど優しくなれない。

「かしこまりました。そちらにおかけください」

奥の商談用スペースにあるソファに座《すわ》るように促されて、吉野はそれに従った。佐々木もかなり気後《きおく》れしているようだが、吉野をこれ以上怒らせるよりはマシだと判断したのか、意外と素直《すなお》にそれに従った。

そうでなくとも自分たち二人は、店内でだいぶ浮き上がっている。しかし、だからといってここで怯《ひる》むわけにはいかない。

「材質のご希望はおありですか？」

「なるべく普段していても目立たないものがいいです」

「でしたらプラチナがよろしいかと思います」

彼女はいくつかのサンプルを挙《あ》げようとしたのか、ショーケースの中から指輪を取り出してこちらに運んでくる。

「では、デザインのご希望はございますか？　シンプルなものでしたら、こういったタイプのものがございますが……」

もともと、マリッジリングは普段つけておくためにシンプルなものが多い。吉野は一番無難な装飾性のないデザインのものを選び、「これは？」と佐々木に問うた。

「え……」

突然話を振られて、佐々木は胡乱《うろん》なまなざしでリングを見つめ、そして女性店員の視線に晒《さら》されていることに気づいて見る見るうちに真っ赤になった。

「ど、ういう……」

声が掠《かす》れている。

「どうって、マリッジリング。これは？」

耳まで赤く染めたまま、佐々木は俯《うつむ》いた。彼の羞恥《しゅうち》も躊躇《ちゅうちょ》も吉野にはよく理解ができたが、それでも彼には選んでもらわねばならなかった。

「もう、やめろよ。こういう嫌《いや》がらせ」

「嫌がらせ？」

「信じてないなんて言ったのは……俺が、悪い」

佐々木はそう早口で告げたが、ここまで来た以上は何も買わずに帰るつもりはない。

「嫌がらせなんかじゃない。俺にはちょうどいい機会だから」

「ちょうどいいって、何が……」

「俺の気持ちは、形にできないかもしれない。でも、マリッジリングをつけてる限りは、俺が君を愛してるって証拠になる」

腿《もも》の上で軽く握り締められた佐々木の右手を取り、その手をテーブルの上に置くように導く。

「だって……」

「いつか君が俺をいらないと思ったときは、リングごと捨ててくれていい」

指輪で拘束《こうそく》できるなんて、思っていない。それどころか、彼が指輪をつけてくれなければ、吉野はまた後悔と不安に苛《さいな》まれるかもしれない。

だけど、形だけでもこの儀式《ぎしき》を受《う》け容《い》れてほしかった。

愛の儀式《ぎしき》を、必要だと言ってほしい。

不安だったら、愛情を形に変換してしまえばいい。目に見えるものに置換すればいい。そうすることでしか確かめ合えない自分たちはあまりにも不器用で愚かで、そしてたくさん傷つきすぎてしまった。傷つけ合いすぎてしまった。

「君には常に誠実でありたいから、もし俺が君とはもうやっていけないと思ったら、この指輪を外すよ。だから、君もそう思ったときには外してくれて、かまわない」

なるべく穏やかな声で、吉野は言葉を紡《つむ》いだ。

「はじめは君と恋をしたかった。それだけでいいと思っていた。だけど、今は違う」

何を言いだすのかとでも言いたげに、佐々木が首を傾《かし》げる。

「君と将来を作っていきたい。未来が欲しいんだ」

「未来……？」

「君との未来に、責任を持てるようになりたい。それだけだよ」

刹那《せつな》、佐々木はその射すくめるように鋭い瞳《ひとみ》をこちらに向け、そして。

「……わかった」

不意に、佐々木がそう呟《つぶや》く。

二人のやりとりを見守っていた女性店員は、そこでようやく営業用の笑顔《えがお》を向けた。

「では、サイズのほうはいかがなさいましょうか」

怒っているだろうか。今はこの場を収めるために、自分の気持ちをねじ曲げて、彼は吉野に従っているのではないか。

そんな不安が押し寄せてくる。

しかし、左手を吉野の腿《もも》に置いてこちらを見上げた佐々木の瞳《ひとみ》には強い光が宿り、それは吉野を責めているようには見えなかった。

「測ってください」

耳を打つその声に、胸の奥で、熱いものが溢《あふ》れそうになる。

通じたのだ。吉野の願いが。自分の望みと不安が。

ちょうどいいものがなかったため、サイズを直してもらって後日改めて取りに来ることになり、吉野は支払いをすませて店を出た。

パーキングで駐車券を確かめると、まだ一時間も経《た》っていない。即断即決とはこのことだと、我ながら思い切りのよさを笑いたくなる。

「ごめん、千冬」

それでもいちおう謝ると、佐々木は不快そうに眉《まゆ》をひそめた。

「間違ったことしてるわけじゃないんなら、謝らなきゃいいだろ」

「怒ってないの？」

「怒るとか、そういう以前の問題だ」

あんたの恥《は》ずかしい言動にはいい加減慣れた、と佐々木はむくれた顔つきで呟《つぶや》いた。

「じゃあ、ウエディング・パーティーもしてくれる？」

「……馬鹿《ばか》。それとこれは、べつだ」

「どうして、ダメなの？」

「恥ずかしいからだ」

マリッジリングを受《う》け容《い》れてくれたが、まだ問題は残っていたようだ。

彼の物言いが、治りかけたばかりのささくれを刺激して引《ひ》っ掻《か》いてくる。他意はないとわかっていても、吉野はまだ傷を癒《いや》しきっていないのだ。

「俺と結婚するのがそんなに恥ずかしいの……？」

「そういう意味じゃない」

佐々木はむっとした口調で告げた。

「とにかく、車出せよ。腹減っただろ」

「そうだね。キノコのパスタって、オリジナルレシピ？」

「店の連中に聞いた」

彼は困ったように視線を車外に投げかける。滅多《めった》にない『ラ・プリュイ』の話題だけに、吉野は珍しく深追いを試みた。

「スタッフの皆とは上手《うま》くいってるの？」

「最近は……まあまあ」

「よかった」

心の底から安堵《あんど》しているような声が漏れたのがわかったのか、佐々木はこちらを見つめ、それから不意に吉野の頬《ほお》に唇《くちびる》を押しつけてくる。

ひどく不器用なキスだった。

10

「……間に合うかな」

タクシーに乗り込んだ吉野《よしの》は頭を抱えたまま、じっと自分の足下を見つめていた。姉から携帯電話《けいたいでんわ》に連絡があって、まだ十五分しか経《た》っていない。午前中の約束をこなしたあとだったため、仕事のアポがなかったのが不幸中の幸いだった。

恐れていたことが起きた。父の弘《ひろし》が、大きな発作を起こしたのだという。いつかこんな日が来ると予想していたことなのに、吉野の胸はずきずきと痛みを訴える。

その瞬間が来るのは誰もが知っていても、誰もが気づかないふりをしている。だけど本当はいつも、普通の生活の裏側に死の可能性は潜んでいるのだ。油断していた。佐々木《ささき》と上手《うま》くいきそうだからって、浮かれて父の病状を考えていなかった。なんて親不孝者なんだ、自分は。

病院の前に車をつけてもらい、代金を支払った吉野は釣りをもらうのもそこそこに、タクシーから飛び出した。

早歩きで病院の中に飛び込み、父の病室を目指す。

「父さん！」

病室に駆け込めば、人工呼吸器をつけられた父のベッドを取り囲むように親族が立っていた。

「貴弘《たかひろ》……」

そっと頬《ほお》に触れると温かく、吉野はほっとした。

間に合ったのだ。

弘の表情は思っていた以上にずっと安らかで、苦しげではない。

「遅くなってごめんなさい」

そう囁《ささや》きながら彼の手を取ると、まだ肌《はだ》には張りがあり、温かかった。

「あなた、貴弘が来たわ。わかる？」

懸命に呼びかける母の声が、胸を締めつけてくる。

「父さん。父さん……」

久美子《くみこ》がそっと目頭を押さえるのが、視界の端《はし》で見えた。吉野の呼びかけに一瞬《いっしゅん》、父の指がぴくりと動いたような気がする。

だが、それもつかの間のことだった。

突然計器類が乱れ始めたのだ。

慌《あわ》てて久美子がナースコールを押すのが見えた。

誰か嘘《うそ》だと言ってほしい。こんなのは悪い冗談《じょうだん》だと。だけどそれが嘘でも夢でもないことを、吉野は知っている。

まるで映画のワンシーンのようだ。

医師が息を引き取った時刻を宣告するのを背に、吉野はふらりと病室を出る。その後の光景を正視することができなかった。

不思議《ふしぎ》と涙は出てこなかった。

ぺたりとビニール張りの椅子《いす》に座《すわ》ると、傍《かたわ》らに誰かが腰掛ける気配がする。

沈黙は万年ほどの長さに感じられただろうか。

漸《ようよ》う思考がまとまってきて、吉野は声を振《ふ》り絞《しぼ》った。

「……俺のせいだ。俺が父さんのこと、いろいろ悩ませたから……」

「馬鹿《ばか》ね。そんなに自分のこと責めなくていいのよ」

由美子《ゆみこ》の声だった。だが、顔を上げることさえできない。

「子供の幸せを祈らない親なんていないわ。少なくとも父さんはそうだったもの」

「――――」

「誰かを幸せにするだけじゃ、ダメよ。あんたが幸せにならなくちゃ、父さんは絶対安心しないと思うの。だから、あんたは自分の道を信じて、幸せになりなさい」

「そんな資格、俺には……」

「あるわよ。だって、父さんはあんたのこと、待ってたんだもの」

吉野が到着してからすぐに、父は息を引き取った。

そのことを由美子が指しているのはわかったが、答える気がしなかった。

「結局、末っ子で男の子だからってあなたが一番可愛《かわい》がられてたわ」

「俺がだらしないからだよ。だから、父さんもかえって心配だったんだと思う」

「そこまでわかってるなら、しゃんとしなさい」

背筋を伸ばして自分に恥《は》じない生き方をすれば、いつか父もわかってくれるだろうか。

吉野が愛する人を選ばざるを得なかったのだと、愛だけで生きていけるとわかってしまったのだと。愛の魔法《まほう》に囚《とら》われている自分が情けないかもしれないが、もうそこから抜け出せない。永遠にこの魔法が解けなくても、それでかまわない。

「お通夜《つや》は明日になるわね……」

由美子は小さく呟《つぶや》き、雲に呑《の》み込《こ》まれそうな曇天《どんてん》を見上げた。


「佐々木さん。お客さんが」

フロアスタッフに言われた佐々木は、小首を傾《かし》げる。自分がここに勤めているのを知っている人間は、ごく一部しかいない。

島崎《しまざき》や仁科《にしな》だったら、真《ま》っ直《す》ぐに厨房《ちゅうぼう》に来るだろう。

誰だろうと考えつつもフロアに出ると、目当ての人物はすぐにわかった。

おおかた片づけ終わったフロアには、一人しかいなかったからだ。

「……康原《やすはら》」

懐《なつ》かしい後輩の姿に、佐々木は思わず声をあげてしまう。

「どうしたんだよ」

コーヒーが入っていたはずの康原のカップには、もう何も入っていない。グラスも空で水を注《つ》ぎ足《た》してやろうかと思ったが、佐々木はあえてそれを思いとどまった。彼の表情が、ひどく深刻なものだったからだ。

「久しぶりに先輩の顔、見たくて」

「……馬鹿《ばか》」

そう直截《ちょくせつ》的な表現をされると、どうすればいいかわからない。答えに窮《きゅう》した佐々木を見て、康原が顔を上げた。

「――俺、『エリタージュ』辞《や》めようかなって思って」

幾分投げやりな口調で、康原は言う。彼らしくない言葉に、佐々木は眉《まゆ》をひそめた。

「嫌《いや》がらせでも、されたのか」

「いえ」

康原は首を振る。

コミは辛《つら》い仕事で、康原はよく耐えている。佐々木が辞《や》めた穴を埋める形で新人が入ったし、仕事はそれなりに楽になったはずだ。

ならば、なぜ。

「先輩がいないと、厨房《ちゅうぼう》にいるのもつまらなくて。俺、先輩の料理、好きですし」

はにかんだように、康原が笑った。

「だから、この店で雇ってもらえないかと思ったんです」

「なんだよ、それ」

吐き捨てるように、佐々木は言った。

佐々木だってこの店にいつまでも長々と居座るつもりはない。どれほど関係を改善しようと居心地をよくしようと、結局はここは他人の店だ。佐々木のいるべき場所じゃない。

その思いは、エリタージュにいるときも常に変わることがなかった。

「先輩の料理とか、料理の姿勢がすごく好きです。俺が料理諦《あきら》めなくてすんだのも、先輩が迎えに来てくれたからなんです。いろいろ迷惑《めいわく》かけたくせに、図々《ずうずう》しいけど」

そうか、と呟《つぶや》こうとしたが声にならなかった。

誰かが自分を慕ってきてくれたことなんて、なかった。今までに、一度も。

如月《きさらぎ》は幼馴染《おさななじ》みで兄弟同然だから論外だが、康原のように赤の他人からこうも気遣われたことは一度もなかったのだ。

自分を必要としてくれている人間が、確かに今、目の前にいる。

手を差し伸べさえすれば、佐々木は大切な仲間を得ることができるのだ。

康原となら、できるのだろうか。いや、自分にできるのだろうか。

砂浜から金の粒を拾い上げるように、自分に似た資質を持つ者を探し当てるのではなく、初めから佐々木を求める者を育てていくなんて。

そんなことが可能なのか。

「おまえ、自分が言っていることが……どういうことなのか、わかっているのか？」

「わかってるつもりです」

だって康原と店をやったところで、いつか彼は『レピシエ』を出ていくだろう。彼の願いは、両親の営むパン屋をベーカリーレストランにして、そこのオーナーシェフになることなのだ。康原がいなくなったら、自分はまた新しい人間を探さなくてはいけない。その相手に料理を教え、自分の味を一緒《いっしょ》に探して。それは面倒で気の遠くなるような作業だった。

だが、自分だって康原のことは嫌いじゃない。嫌いだったら、彼を許したりしない。

佐々木の無言を拒絶と受け取ったのか、康原は「すいません」とばつが悪そうに呟《つぶや》いた。

た。

「俺、帰ります。お会計、いいですか？」

「あ……、うん」

佐々木は卓上に置いてあった康原の伝票を手にし、レジを打ち始める。これくらい、簡単なことだ。

「千五百七十五円です」

「はい。ごちそうさまでした」

金額分の小銭《こぜに》が、トレイに入れられる。康原は、「邪魔《じゃま》してすいませんでした」と言って、どこか悄然《しょうぜん》とした様子でエントランスへと向かう。

康原は、あの人の好《い》い後輩は、どれほどの勇気を持ってここに来たことか。

なのに自分には、どうして言えないんだ。

たった一言、ほんの一言でいい。

その勇気を持てない自分を恥《は》じるだけでは、何も変わらない。何も変えられない。

このままじゃ自分は、絶対にレピシエを取り戻せないじゃないか。

「……っ！」

エントランスを抜けて通りに出た彼の後を追い、佐々木もまた店外へと走り出た。

昼間の陽射《ひざ》しは高いビルに遮《さえぎ》られて届かないが、熱気がむんと押し寄せてくる。

「康原！」

佐々木は声を張りあげた。こんなふうに他人を呼び止めるために叫《さけ》ぶことは、もう二度とないだろう。そう思えるほどに、強い声で。

びくりと肩を震わせ、康原は立ち止まる。そして、ゆるゆるとこちらを振り返った。

「もう少しだけ、待ってくれないか」

返事はない。ただ、康原は佐々木をじっと見つめている。

そんな相手に、佐々木はつかつかと歩み寄った。

「俺がレピシエを再開させるまで、待ってもらえないか」

佐々木は一つ一つの言葉を噛《か》みしめるようにして、言った。

「――――」

「ここは俺の店じゃない。俺の味で料理を作るわけにも、いかない。でも……」

佐々木は呟《つぶや》いた。

「おまえと一緒《いっしょ》に店をやりたい」

言える。彼にそう言うだけの勇気が、自分にもある。

突っぱねられることに怯《おび》えて、他人に受《う》け容《い》れられないことに嘆《なげ》いて。

いつも苦しいことばかりだったけれど。

でも、人に受け容れられる喜びも、優しくしてもらう愛《いと》しさも知った。だったら、今度は自分が周囲の人間を受け容れる番だ。

「いつか、一緒《いっしょ》に店をやろう。おまえと料理がしたい」

「……はい！」

泣きだしそうな顔で、康原が頷《うなず》く。そして彼は、何かに気づいたように無理やりに笑う。くしゃくしゃの笑顔《えがお》は男前とは言えないけれど、ひどく格好《かっこう》よかった。

これでいい。

こうやっていけば、いつかレピシエをもう一度始められるはずだ。自分は雨宮《あめみや》のように何もかも悟りきった料理人にはなれないが、それでもできることはある。

一緒に成長しよう。一緒に大きくなって、美味《おい》しいものを作ろう。

それだけでいいはずだ。小難しい理論なんて、何もいりはしない。

そのとき、店の扉がばたんと開き、如月が顔を出した。

「千冬《ちふゆ》！」

振り返った佐々木に、泣きだしそうな顔で如月が次の台詞《せりふ》を告げる。

瞬間。

目の前が真っ暗になった気が、した。

下ごしらえだけして仕事場から真《ま》っ直《す》ぐに寺に向かうと、喪服《もふく》を着た吉野の姿が見える。昨日は結局会えなかったから、彼と顔を合わせるのはまるまる一日ぶりだ。

黒っぽい仕立ての服装は吉野の青ざめた美貌《びぼう》を飾り立て、いっそ凄艶《せいえん》に見える。石畳《いしだたみ》を踏んでそちらへ歩み寄ろうとしたとき、「君も来たのか」と声を掛けられた。

「仁科……さん……」

「吉野の家族に交際を反対されていたんだろう。よくもまあ、いけしゃあしゃあと顔を出せるものだな」

あまりにもストレートな言葉に反論もできず、佐々木はぎり、と唇《くちびる》を嚙《か》みしめる。すぐに血の味が滲《にじ》んできた。

「あいつもだいぶやつれたな」

ぽつりと呟《つぶや》かれて、佐々木はそのことに改めて心を痛めた。

弔問客《ちょうもんきゃく》に挨拶《あいさつ》をしている吉野の表情は、いつになく冷え冷えとしたものに見えたからだ。

「これからどうするつもりだ？」

「なんだよ、それ……」

「吉野はいろいろと失いすぎた。君を得たけど、引き替えにあいつはいろいろなものをなくした」

だからなんだ、と問い返す余裕はなかった。

父親のことなんて、全然聞いていなかった。佐々木はいつも自分のことに必死で、彼の父の容態が悪化しているなんて知らされることもなかったのだ。

それを知っていたなら、もっと優しくしてあげればよかった。何かを隠している風情《ふぜい》の吉野を問い詰めてでも、答えさせればよかった。

一人で苦しむことがどれほど辛《つら》いか、佐々木にだってよくわかっている。

「この先、どうやって吉野に償《つぐな》うつもりだ？」

「あんたにそれを言う筋合いはない」

いつから吉野は、あんな空虚《くうきょ》なまなざしをするようになっていたのだろう。

佐々木に気づいた吉野の唇《くちびる》が、「千冬」と動いたような気がした。

ぺこりと頭を下げてそちらに歩み寄る。

「今日は父のために、どうもありがとうございます」

そのまなざしに浮かんだ悲しみの色に、胸が締めつけられるような気がした。

ここが葬儀《そうぎ》の会場でなければ、すぐにでも彼を抱き締めたい。

そんな衝動にすら、駆《か》られた。

いつもいつも、我儘《わがまま》ばかりを言う佐々木の陰で、吉野は苦しんでいたに違いない。悲しんでいたはずなのだ。けれど、それを全部無視して通り過ぎようとしていた。佐々木は

いつも自分の意思ばかりを押し通し、吉野の気持ちを汲《く》もうとしたことがなかった。そのくせ、汲んだつもりで、そんなつもりで……。

吉野はきっと、失う気持ちに怯《おび》えている。

せっかく安らぎを得たのに、愛情の徴《しるし》であるマリッジリングを作ったのに、父親を失ってしまったのだから。

彼に教えてあげたい。

もう失うことに恐れなくて、いい。

少なくとも自分だけは、この命がある限りは吉野のそばから離れたりしない。

この人を愛している。

だったら、彼のために何ができるだろう。どうすればそれを伝えられるだろう。

愛する人のために、佐々木にできることは何もないのだろうか。

「ただいま」

「お帰り」

終業後、店を飛びだしていつもよりずっと早めに家に戻ってきた佐々木を見、吉野は疲れきった顔に微笑《ほほえ》みを浮かべる。

葬式が終わった翌々日で、彼の実家ではまだあれこれとごたついているらしい。吉野は遺産相続を放棄《ほうき》すると言っていたものの、世情に疎《うと》い佐々木には、詳しいことはまるでわからなかった。

こんなときほど自分が無力だと思うことはない。

知識でも頭脳でも吉野のために何もできないから、だからそばにいたい。彼を慰め、癒《いや》せる存在になりたい。

そう思って早く帰ってきたのだ。

父親を亡《な》くしたのは辛《つら》いはずだが、一方で安堵《あんど》の気持ちもあるのだろう。通夜《つや》のときよりは、彼の表情もずいぶんと落ち着いて見えた。葬式の翌日には仕事に戻ったようだし、そうした日常の繁多《はんた》な出来事があったほうが、気が紛《まぎ》れていいのかもしれない。

「これ。できたから、取ってきたよ」

ソファに腰掛けた吉野が単刀直入に言って差し出したものは、指輪の入れられたケース。

マリッジリングだ。

そう直感した刹那《せつな》、覚悟をしていたというのに頰《ほお》が熱く火照《ほて》ってきた。

「嵌《は》めてみる？」

弱く微笑《ほほえ》んだ吉野は蓋《ふた》を開けて、銀色のリングを取り出す。

「——ダメだ！」

彼が佐々木の右手を取ったので、佐々木は慌《あわ》ててそれを制止した。

「え……？　どうして？　やっぱり、指輪をするのは嫌《いや》？」

傷ついたような表情が、彼の顔をよぎる。

違う。

支えてあげたい。優しくしたい。この人を大切にしたい。

もし自分が少し折れることで、吉野を幸福にできるのなら、それでもかまわないはずだ。

こんなにも自分は、彼を好きだから。

「こ、こういうの……結婚式で交換するんだろっ」

「……え？」

「なんだよ」

呆然《ぼうぜん》とした様子で、吉野がこちらを見やる。

「結婚式やりたいって言ったの、あんたじゃないか……」

ぽかんとしていた吉野がやがて、口元を綻《ほころ》ばせる。その美貌《びぼう》に、花が開く瞬間よりも美しい表情が生まれるのを見て、佐々木の心もまた温かくなるのだ。

「——嬉《うれ》しい」

「それだけかよ」

つい憎《にく》まれ口《ぐち》をたたいてしまったけれど、吉野は手を伸ばして、さも嬉しげに佐々木を抱き締めるだけだった。

「俺の我《わ》が儘《まま》、叶《かな》えてくれるの？」

「仕方ないだろ。あんたが折れないから……」

嘘《うそ》ばっかりだ。

佐々木が心底嫌《いや》がれば、吉野が自分の意見を引っ込めることを、知っている。だけど、こんな可愛《かわい》げがないことしか言えないのもまた、変えようのない自分の意地なのだ。

にわかには信じられないとでも言いたげな表情で「本当に？」と問われて、佐々木は改めて照れた。しかし、他人とのコミュニケーションの手段の最たるものが言葉であるならば、言葉でわかり合わなくてはいけない。

「約束が欲しいなら、あんたにやる。俺の全部をやるから」

愛《いと》しさというもの。愛情というもの。

全部を吉野が教えてくれた。何もかも。

だから吉野に返してあげよう。その感情ごと、すべて。

「いいの？　恥《は》ずかしくないの？」

「そんなの……今さらだ」

ぶっきらぼうな口調になってしまったけれど、吉野はほっと笑った。

「やっぱり冗談《じょうだん》だったとか、言うなよ」

「言わないよ。絶対に、言わない」

儀式《ぎしき》と崇高《すうこう》な誓いを欲しがる吉野の気持ちだって、佐々木にも、わからないわけではないのだ。ただそれを実行に移すか、移さないかの違いにすぎない。

「ありがとう、千冬」

「礼を言われることじゃ、ない」

「でもお礼を言いたいんだ」

いつから自分の口数はこんなに多くなったんだろう。思ったことを言えるようになったんだろう。

少しは変わった。いいや、吉野に出会って、ずいぶんと変わった。

他人を愛せるくらいに。

吉野が佐々木のことを見せびらかしたいと思ってくれているなら、それは自分だって一《いっ》緒《しょ》だ。

吉野を自慢したいし、誰かに見せびらかしたい。だけど本当は誰にも見せたくない。

綺麗《きれい》で優しくて、脆《もろ》いけれど自分をかき抱く腕は誰よりも力強いこの人を。

「……不謹慎《ふきんしん》だな、俺」

吉野はぽつりと呟《つぶや》く。

「父さんを亡《な》くしたばかりなのに、すごく、すごく嬉《うれ》しい」

「馬鹿《ばか》」

吉野に恋をしたその瞬間から、自分はどんな覚悟だって決まっていた。

誰かを愛したときから、たぶん、人はどんなふうにだって変わってしまうのだ。

「で、いつがいい？」

明るい声音で吉野に問われて、さすがの佐々木も苦笑する。

「しばらく待ってほしい」

「待つって、どういうこと？」

「――どうせだったら、結婚式をしたい場所があるんだ」

自分の居場所を作るために、愛を誓い、夢を取り戻すための儀式《ぎしき》をするなら、そこはたった一つしかない。

「場所？　どこなの？」

「レピシエ」

短く答えた佐々木を見て、吉野は目を瞠《みは》る。

「今日は君に、驚かされてばかりだ」

次いでこちらに向けられたのは、写真に撮《と》っておきたいくらいの、鮮やかな笑顔《えがお》だった。

「腹が減ったな。何か食わせてくれないか」

約束の三か月目の最後の夜は、思ったよりも早くやってきた。それだけ自分が夢中になって、このコミという仕事に没頭《ぼっとう》していたからかもしれない。

「……………」

佐々木は一瞬《いっしゅん》不機嫌な顔つきになったが、ここに仁科を呼び出したのは自分だということを思い出し、仕方なくそれに頷《うなず》く。

厨房《ちゅうぼう》を見回した仁科は、ぐるりと視線を巡らせた。

「この店には、慣れたか」

「慣れた」

「雨宮《あめみや》との仕事はどうだ？」

「——悪くない」

ぶっきらぼうな口調だったが、彼の相手をすることくらいはできる。

雨宮の予想どおり、この店はあれからだいぶ客足が戻り、ランチタイムは完全に二回転するようになっていた。二階をオープンさせるのも、時間の問題だろう。

「それは嬉《うれ》しいね。ここに骨を埋《うず》める覚悟はできたのか？」

「そんなわけないだろ」

「じゃあ君はまだ、あの子供みたいな夢を諦《あきら》めてないのか？」

揶揄《やゆ》するような口ぶりが憎たらしい。しかし、佐々木は怒りを堪《こら》えるだけの理性を身につけつつあった。

「千冬が子供だったら、僕なんて赤ん坊ですよ。仁科さん」

フロアを整えていたはずの如月がひょいと顔を覗《のぞ》かせ、そして笑った。

「やあ、睦《むつみ》くん。元気だったか？」

「ええ、おかげさまで。今日はレピシエ再開について相談をしたいと思って」

「レピシエ再開……？」

「あんたにスポンサーになってもらうなら、意向を聞くのも当然だ」

「ふうん」

仁科は顎《あご》に手を当て、その指で自分の唇《くちびる》をなぞる。

彼はきっと、佐々木がレピシエを再開すると言いだすまで、ずっと自分を翻弄《ほんろう》するだろう。ならば、それに怯《おび》えて気弱にしていたって意味がない。欲しいものは欲しいと言いださなければ、いつまで経《た》っても一番大事なものは手に入らないままだ。

「君が素直《すなお》だと不気味なものだな」

「悪いか」

「いや、いい傾向だ。そのほうが話がしやすいからね」

彼はくすっと小さく口元を綻《ほころ》ばせ、そして調理台に寄りかかった。

「で、具体的にはどうするつもりだ？」

「何が」

「レピシエの再開だよ」

「まだわからない」

「わからない？　そんな不確定な話をするために俺を呼んだのか？」

佐々木は振り返って、仁科の瞳《ひとみ》を見つめた。

「違う。再開は早いほうがいいけど……俺には料理人として、まだまだ足りない」

「たとえば？」

「雨宮みたいに、後輩を育てたりできるかどうかわからない。一緒《いっしょ》に店をやれるやつは見つけたけど……だから、相談……したくて……」

口ごもる佐々木を見て、仁科はまるで値踏みをするように眺《なが》め回《まわ》す。

そして、口を開いた。

「俺にスポンサーになってほしいのなら、店の計画書くらい持ってこられるんだろう？」

「考えてるだけじゃ、いつまで経《た》っても再開なんて無理だ。睦ちゃんと一緒《いっしょ》に内容を詰めてこい」

何を言われているのか、最初は理解できないくらいの驚きだった。

「なんだよ、それ……」

「なんだ？　再開の手伝いをしてほしいんじゃなかったのか？」

「そうだけど……なんでこんな……」

こんな簡単なことだったのか？

佐々木の求める道は、こんなにあっさりと開かれるものなのか？

「君は……わかってないな」

くすりと仁科は笑った。

「エリタージュや『キタヤマ亭《てい》』やこの店で、何も学ばなかったと言うつもりか？　君の理想の店はどこにあった？」

「それ、は……」

ちゃんとこの胸の中に、あった。

理想の店を作ろうとする気持ちはここにある。情熱も夢も色褪《いろあ》せることのないままに。美味《おい》しいものを食べさせたい。

「え……？」

吉野の笑顔《えがお》を見たい。

流行《はや》らなくても、小さな店でもいい。大好きな人の笑顔を見ることができるなら。

「食べる人を、幸せに、したい」

その感情は奔流《ほんりゅう》のようにうねり、押し寄せてくる。

かじかんだ心を、指先まで温めてあげたい。

吉野が愛で自分を温めるのなら、自分は料理で。

人々の凍える心を料理で癒《いや》したい。

レピシエを再開したいとごねているだけだった未熟な自分なんて、いなくなってしまえばいい。

「わかったなら、今は何か食べさせてくれないか？　俺のことも、君の料理で幸せにしてほしいものだな」

「あんたに食わせる料理なんて……」

「ない、とは言わせないよ？」

ああ言えばこう言う。

達者《たっしゃ》なのは口ばかりではない仁科には、どちらにせよ敵《かな》わないのだと思いつつ、佐々木は小さくため息をついた。

11

「まったく、君もよけいな入れ知恵をしてくれる」

「それは申し訳ありませんでした」

『エリタージュ』の料理長室のソファに座《すわ》って足を組んだ仁科《にしな》は、いかにも不機嫌な顔つきで島崎《しまざき》を睨《ね》めつける。

もっとも、自分自身で不機嫌と断定するほど機嫌が悪いわけではない。ある意味で、それは対外的なポーズのようなものだ。

ここで島崎に弱いところを見せるのも、業腹《ごうはら》というだけで。

「佐々木《ささき》くんが抜けたあと、康原《やすはら》だっけ、彼もいずれは辞《や》めるんだろう？　人手は大丈夫なのか？」

アイスコーヒーにはミルクで作った氷を入れており、それで水っぽくならないように工夫しているらしい。ストレートを仁科は好むのだが、こういう工夫も悪くなかった。

「コミを一人入れて育てようと思っています。いちおう、知り合いの調理師学校の講師から、いい人材がいないか聞いてるんですが」

　そうでなくともエリタージュは人気があり、給料など安くてもいいから島崎の下で働きたいと訪ねてくる人物が後を絶たないのだという。そんな中でも、あえてあの気むずかしく頑固《がんこ》な佐々木を一人前の料理人に育てようと使い続けてきたのだから、島崎の忍耐力には頭が下がる。

「こうして君も、日本のフレンチ界のために貢献《こうけん》しているというわけか」

「それはオーナーも一緒《いっしょ》でしょう」

　シェフコートを脱いだ島崎は、こうして見ると穏やかな顔つきの中年男性にすぎない。それが一度厨房《ちゅうぼう》に足を踏み入れると、鬼《おに》料理長に変身してしまうから面白《おもしろ》かった。

「で、佐々木はどうですか？」

「『ラ・プリュイ』でそれなりに上手《うま》くやってるよ。初めは三か月の約束だったが、今は、『レピシエ』を再開するとか言って、メニューを考えているらしい。すぐには再開できないだろうし、冬くらいまでは勤めるんじゃないか」

「それは頼もしい」

「君のことだ。どうせ、俺を利用しろとかなんとか言ったんだろう」

「――まさか」

　わざとらしく一拍《ぱく》おいた躊躇《ためら》いが、何よりも雄弁な証拠《しょうこ》だ。

こうして島崎は自分がしたことを示唆《しさ》し、佐々木にとばっちりがいかないように不肖《ふしょう》の弟子《でし》を庇《かば》っているのだ。

まったく、佐々木をずいぶんと気に入ってくれたものだ。

「ですが、残念です。ソーシエになる前に彼は私の店を辞《や》めてしまった。育ててくれとオーナーに言われたのに、途中で投げ出してしまったんですから」

「何、充分だよ。あの頑固《がんこ》な男が、ここまで変わったんだ。期待以上のできだ。もっとも、俺を利用しようって魂胆《こんたん》は感心できないが」

「一生に一度くらい、誰かに利用されるのもいいじゃないですか。いつもいつも利用しっぱなしでは寝覚めが悪いでしょう」

「それが君の本音か」

仁科は小さく口元を綻《ほころ》ばせ、アイスコーヒーを口に運ぶ。冷たい液体が食道を伝わり落ちていく感触。

「またいずれ君に何か頼《たの》むことがあるかもしれない。そのときは、よろしく頼むよ」

「かしこまりました」

島崎が慇懃《いんぎん》に頭を下げるのを見ながら、仁科はグラスをテーブルに戻す。

今度ばかりは、結婚のご祝儀《しゅうぎ》代わりに邪魔《じゃま》をしないでいてやろう。どうせこの先だって、試練に満ちた生活を送るに決まっているし、安寧《あんねい》な生活など与えるつもりはなかった。

　それが仁科なりの、ささやかな親切というものだった。

「えーっと、だったらこういうのは？　メニューは〝シェフにお任せ〟料理」

「シェフにお任せ？」

　佐々木の怪訝《けげん》そうな声が聞こえてきて、吉野《よしの》の鼓膜《こまく》をくすぐる。会話に入ることはできなくとも聞くことはでき、それはなかなか興味深いものだった。

　もっとも、「ケーキでも食べてろ」と藤居《ふじい》特製のスイートポテトの皿とアイスティーのグラスを渡され、ソファに追いやられてしまったという事実はなかなか切ないものがある。

　ちらりと視線を投げると如月《きさらぎ》と目が合い、彼が申し訳なさそうに苦笑する。

　せっかくの休日まで自分が佐々木を独占《どくせん》してしまっているのを悪いと思っているのだろう。だが、会話に混ぜてくれる気はなさそうだ。

「要するに、今のラ・プリュイと一緒《いっしょ》。僕がお客さんと千冬《ちふゆ》のあいだの橋渡しをしながら、その日の食材で作れるメニューを決めていくの」

「それだとあまり客、入れられないな」

「手間がかかるから夜は一日一回転だよね。多少高くてもいいってお客さんが顧客になってくれればいいんだけど」

「うん」

「で、ランチはもうちょっと軽くカフェっぽいのはどうかな。昼は手軽に食べられて、夜はシェフと一騎討《きう》ちみたいな感じ」

「なんで一騎討ちなんだよ」

二人のやりとりを聞きながら、吉野はソファにもたれて雑誌のページをめくる。

驚いたことに佐々木はレピシエ再開のために仁科の助力を仰ぎ、具体的なプランを要求されたのだという。時に康原も交えて、ここのところはよく二人で会っているらしい。

と、そこに嫌《いや》に性急な調子でインターフォンのベルが鳴らされる。生あくびしながらそれに応答すると、宅配便業者が荷物を持ってきているとのことだった。

特に何かが届く予定はないのだが、どういうことだろうか。

エントランスホールのセキュリティを解除して迎え入れた宅配便業者は、大きな箱を二つ持っている。

よく背広《せびろ》などが入っているあの平たい箱に似ているが、それよりももっと大きい。

「なんだろう……」

小さく呟《つぶや》いた吉野の後ろで、佐々木が「なんだ?」と聞いた。

「ん……荷物が届いた。『アトリエ・F』だって」

「アトリエ……？」

未知の名前を聞かされ、佐々木は一瞬《いっしゅん》不審《ふしん》を露《あらわ》にした。背後ではいかにも興味がありそうな顔つきで、如月が箱を眺《なが》めている。

「こっちが千冬宛《あて》で、こっちが俺に、みたい。なんだろう。軽いけど……」

「差出人がわかってんなら開ければいいだろ」

そこはかとなく言葉に棘《とげ》があるのは、気のせいだろうか。

「心当たりがないけど……嫌《いや》だな、気持ち悪い」

鋏《はさみ》を手にして、箱の周りをくるんでいた包装紙と紐《ひも》をはずす。佐々木にもそれを貸すと、彼は面倒くさそうな顔つきで紐をぱちんと切った。

箱を開けて、真っ先に視界に飛び込んできたのは白いレースの塊《かたまり》だった。

「わ……ウエディング・ドレスだ！」

最初に声をあげたのは、如月だった。

手触りからいえばシルクだろう。ご丁寧《ていねい》に手袋とベールまで添えられている。

「こっちもだ」

佐々木は呆然《ぼうぜん》とそう呟《つぶや》く。

彼の開けた箱に入っていたものは吉野宛のもののほうが豪奢《ごうしゃ》だったが、ドレスという観点では大差がない。

「なんで、ドレスが届くの？　新郎だったらタキシードじゃない？」

「おかしいなあ……知り合いにはちゃんと、俺と千冬が結婚するって話したんだけど」

「贈《おく》り主《ぬし》は、あんたと俺が、別々の相手と結婚すると思ったんじゃないのか」

「あ、珍しく冴《さ》えてるね」

吉野がそう言うと、佐々木はますますむくれた顔つきになった。

「カードが入ってるよ」

如月がつまみ上げたカードを受け取り、吉野はその封を切った。

『結婚おめでとう。ささやかながら贈り物です。式で着てください』

「……仁科、宏彦《ひろひこ》……」

そのカードを見てから、佐々木と吉野はたっぷり一分間はお互いに見つめ合っただろうか。

「——これって……俺たちが着るって、こと？」

仮にも三十路《みそじ》に突入した吉野と、二十代後半になった佐々木に女装をしろと？

「いくら、パーティーのことを相談したからって……冗談《じょうだん》きついよ」

吉野は小さく呟《つぶや》いた。

これも仁科の嫌《いや》がらせ、というよりユーモアなのかもしれないが。

「なんであいつ……なんだよ」

「だって、パーティーをするなら、一番相談しやすかったし」

「――で、ドレスも頼《たの》んだのかよ」

険悪な声音で問われれば、吉野としても「ごめん」と謝らざるを得ない。

手を伸ばして佐々木の肩を軽く抱き寄せた。

「まさか！　内容だけだよ。千冬は仕事が大変だし、こういうパーティーに慣れている仁科さんに聞いたほうが確実だと思って」

「………………」

「怒った？」

「……仕方ないだろ。あいつ、そういうの頼《たよ》りになるし」

意外な言葉が出てきて、吉野はびっくりして恋人の顔を凝視《ぎょうし》してしまう。

「そうだね。ありがとう、賛成してくれて」

彼なりに、吉野のプランに賛成してくれたことが嬉《うれ》しい。

そしてまた、佐々木は仁科に対する嫌悪感《けんおかん》を払拭《ふっしょく》しようとしているのだ。吉野がへたな気を回すまでも、なかったのかもしれない。

仁科の新会社案についてあれほど怒ったのも、仁科への嫌悪感というよりも、何も相談されていなかったことがショックだったせいらしかった。

こめかみにそっとくちづければ、佐々木はくすぐったそうな顔つきになってこちらを振り返る。

「……あの」

甘い雰囲気《ふんいき》に呆《あき》れたのか、如月がこちらを見つめていた。

「で、そのドレス、パーティーで着るの……？」

なんともいえない沈黙が押し寄せ、三人はドレスに視線を落としたままそこに凍りついた。

だいたい、自分が好きになったのは佐々木千冬その人であって、男か女かなんて思ったことはない。したがって、佐々木が女装したらとか、彼が女だったらなんて、考えたことはなかった。その機会がまったくなかったかと問われれば嘘《うそ》になるかもしれない。しかし、本気でそんなことを考えられるほど、吉野も馬鹿《ばか》ではなかった。

「ったく、あいつ、何考えてんだよ‼」

佐々木は本気で怒っているのか、口調がだいぶ激しくなっているのが怖《こわ》かった。

ばさりと広げてみると吉野宛《あて》のものは本格的なウエディング・ドレスで、佐々木のものはレースが可愛《かわい》らしいミニスカートだ。

佐々木のドレスはフリルとレースがふんだんにあしらってあったが、清楚《せいそ》さは失われていない。好感の持てるデザインだったが、かといって、これをお互いに着るのかと思うとそれなりに複雑な気分になってしまう。

が、一生に一度くらいは見てみたい気もする。

「嫌《いや》がらせじゃないかなあ。冗談《じょうだん》っていうか」

「こんな馬鹿《ばか》なプレゼント、返しちまえよ」

「それはできないよ。どんなものであれ、厚意でくれたんだ」

「だからって、うちに置いといたって仕方ないだろ⁉」

「そうだけど……」

「だいたい、なんでサイズがわかるんだよ」

そこがまた、仁科の底知れないところだ。

佐々木は苛立《いらだ》った口調で言うと、如月に「戻ろう」と促す。

取り残された吉野は呆然《ぼうぜん》と、ひらひらした二着のドレスを見ながらため息をつく。

ちらりとこのドレスを佐々木が着てくれればいいのにと思ったが、そんなことを頼《たの》めば殴打《おうだ》されるのがオチだろう。

それからさらに一週間が経過し、ウエディング・パーティーの準備は驚くほど順調に進んでいた。

忌々《いまいま》しいウエディング・ドレスは、あの日からクローゼットに鎮座《ちんざ》ましましており、かなり邪魔《じやま》だ。佐々木としてはどうにかして処分をしたいのだが、お祝いにもらったのかと思うとそれも憚《はばか》られる。

行き場を失った二着のドレスは、このままタンスの肥《こ》やしになるのだろう。

如月に「着てみせてよ」と強請《ねだ》られたが、もちろんこんなものを着られるわけがない。そのほうが佐々木の精神衛生上もよかったし、吉野としてはなんとか処分を考えてくれているのだろうと信じていた。

吉野の望みどおり、ウエディング・パーティーの準備は着々と進んでいる。何よりもあの仁科が積極的に手伝ってくれているというのだから、驚きだった。

——もっとも、あの男のことだから、完全に面白《おもしろ》がってるんだろうけど。

だいたいウエディング・パーティーをレピシエですといっても、よく考えれば簡単なことではなかった。そもそもレピシエ自体が、客が十人も入ればいっぱいになってしまうような小さな店なのだ。招待客も厳選しなくてはならなかった。

パーティーで出す料理のメニューを考えるのは、佐々木の仕事だった。

もっともパーティーといっても、客に美味《おい》しい料理をご馳走《ちそう》してそれなりに祝福してもらえればいいのだから、そんなに気張ることはない。

「千冬、見て。招待状作ってみたんだけど」

「……へえ」

ウエディング・パーティーは十一月に行われる予定で、吉野は招待状をパソコンで自作すると張り切っていた。

「どう？」

「けっこう上手《うま》いな」

どうせたいしたものにはならないだろうと高をくくっていたのだが、できあがった招待状はガーベラの写真を使ってあり、ぱっと見た感じは普通の印刷物と遜色《そんしょく》がない。

「でしょ？　千冬は何やってたの？」

「いいだろ、なんだって」

料理書を広げてあれこれと調べものをしていたのだが、いっこうに考えがまとまらない。そのことを吉野が指摘しているのだ。

「よくないよ。憂鬱《ゆううつ》そうな顔されると、こっちのほうが気になっちゃう」

まさかウエディング・パーティーの詳細を考えていたのだと言うわけにもいかず、佐々木は押し黙る。

一度引き受けたからには一生懸命にやってしまう自分の性分を、ストレートに見せられればいいのだが、ことがことだけにそう簡単には素直《すなお》になれない。

もっとも、結婚式という大仰《おおぎょう》なものではなく、親しい友人を招いての食事会だと思えば、ずいぶんと心が軽くなった。それを吉野に言えば調子に乗ってもっと大がかりにするかもしれないから、そのあたりは内緒《ないしょ》にしておくとして。

　考えてみれば自分も以前に比べてしたたかになったというか、駆《か》け引《ひ》きができるようになったのだから、変われば変わったものだ。

「あんたがいつも脳天気なんだ」

「だって、千冬は俺が落ち込んでるところとか、考え込んでいるところなんて、べつに見たくはないでしょう？」

「……そうだけど」

　吉野にはいつも笑っていてほしい。優しい顔を見せてほしい。

　彼のその美貌《びぼう》にいつも笑顔《えがお》が浮かんでいるよう、佐々木は努力するつもりだから。

「だったら、一つだけお願い聞いてくれる？」

「お願いって……？」

「あのウエディング・ドレス、着てみてくれる？」

「……はあ!?」

　佐々木が素《す》っ頓狂《とんきょう》な声をあげると、吉野はおねだりをするように首を傾《かし》げてみせる。

「ダメ？」

「ダメに決まってんだろ！」

「どうして？」

「どうしてって、そんなみっともない……」

「俺は千冬がどんなにみっともなくても、ずっと大好きだよ」

「――――」

本格的に怒鳴《どな》りだしたい怒りに駆《か》られそうな気持ちを抑《おさ》えて、佐々木は凶悪なまなざしで吉野を睨《にら》みつける。

「口答えするのか」

「違うけど……だって、俺しか知らない千冬の秘密が欲しいんだ」

本気で頭痛になりかけた佐々木の身体《からだ》を抱き、吉野はそう囁《ささや》いた。

「こんな馬鹿《ばか》なこと言ったら、俺のこと嫌いになる……？」

嫌いだなんて、嘘《うそ》でも言えるわけがない。

佐々木はただ吉野のことを好きで、もう二度と、一生離したくないと思えるくらいに好きなのに。

縋《すが》るような彼の瞳《ひとみ》が佐々木の瞳を捉《とら》え、そして頼《たよ》りなげに唇《くちびる》を寄せてくる。

額《ひたい》に乾いた唇の質感を感じ、佐々木は頬《ほお》を染めた。

「好きだよ、千冬。俺は生涯君だけでいい」

「わかってるから、何度も同じこと言うな」

「可愛《かわい》くない」

「可愛いわけないだろ」

男なんだし。

そう口にすると、吉野はわずかに微笑《ほほえ》んだ。

「だから、ドレスを着てみて。千冬が可愛いか可愛くないか、それでわかるもの」

「……どうしてそうなるんだよ」

「代わりになんでもするから」

「………」

なんでも、するのか。

それを聞いた佐々木はさすがに考え込む。

自分の女装なんてもってのほかだが、吉野があのゴージャスなドレスを着たらどんなふうになるのか見てみたい気もする。

だって、こんなに綺麗《きれい》なんだから。

たっぷりと三分ほど考えた末に、佐々木はとうとう頷《うなず》いた。

「――わかったよ」

佐々木がそう呟《つぶや》くと、「本当⁉」と吉野がこちらを見つめてきた。

こんなことで嘘《うそ》をついて、どうしろというんだか。

「その代わり、あんたも着ろよ」

「うん！」

吉野はといえば、じつはドレスを着ることにもあまり抵抗がないらしい。

「昔、よく着せられたんだよね。姉さんたちに」

それならば吉野には、女装に免疫があるということか。ずるいと抗議しようと思った佐々木の腕を摑《つか》み、吉野は「じゃあ、こっち」と明るい口調で誘う。

引きずられるようにクローゼットに連れていかれて、佐々木の分のドレスを手渡された。

「………」

しかし、いざとなるとこのふりふりした洋服を着なければならないのかと、そちらのほうが気後《きおく》れがする。

ちらりと吉野の様子を窺《うかが》うと、心配そうに自分を見つめている彼と目が合い、佐々木はやけっぱちな気分で「わかってるよ」と呟《つぶや》いた。

兎《と》にも角《かく》にもドレスというものを着るのは当然のことながら初めてで、佐々木は矯《た》めつ眇《すが》めつしながらそれを睨《にら》みつける。

「千冬、手伝ってあげようか？」

「……これくらい着られる」

そう、と答えた吉野が着替える佐々木の一挙一動を見守るかのような視線を向けてきたので、佐々木は改めてかあっと頰《ほお》を染めた。

「もう、いいだろ！　あんたも着ろよ」

「はーい」

かくして渋々ウエディング・ドレスに袖《そで》を通した佐々木だったが、あまりのことに自分でも倒れそうになった。

吉野のためにあつらえられたのは背中のラインも露《あらわ》となるふわりとした華《はな》やかなものだが、佐々木のほうはフリルの多いミニスカートで、足がスースーして落ち着かない。

しばらくお互いの珍奇な格好《かっこう》をまじまじと見つめ合ったあと、吉野が口を開いた。

「……なんか、壮絶だね」

「悪かったな」

「だって。これって似合うとか似合わないとか、そういう以前の問題だよ」

日曜日の昼下がり、お互いにウエディング・ドレスを着た姿はあまりにも間抜けで、吉野は真っ白な手袋を嵌《は》めた右手を口に当てて笑いを堪《こら》える表情になった。

お世辞《せじ》にも美しいとは言えない二人のドレス姿は滑稽《こっけい》で、佐々木もついつい吹き出しそうになる。

「あ……」

「な、んだよ」

「千冬、今、笑った？」

「笑ってない」

「笑ったよ」

吉野が「よかった」と小さく呟《つぶや》く。

「なに」

「俺の女装で笑ってもらえるなら、何度でも着るよ」

「よせよ、馬鹿《ばか》」

佐々木は呟いて、自分のドレスを脱ごうと背中に手を回す。しかし、普段は背中にファスナーがある服など着ることがないので、途中までしか下ろすことができなかった。

「手伝ってあげる」

吉野の言葉に素直《すなお》に後ろを向くと、不意に彼が佐々木の身体《からだ》を抱き止め、そして右手をそろそろと背骨のラインに沿わせて動かした。

「っ」

この非常時に何をするんだと文句を言おうとしたが、吉野の手が佐々木の腰を捉《とら》え、引《ひ》き剝《は》がすこともできそうにない。

「やめろよ……」

彼の意図に気づき、佐々木は慌《あわ》ててそれを制止しようとした。

「だって、どうせ脱がせるなら、一緒《いっしょ》でしょ？」

「一緒って……汚れるだろっ」

「どうせウエディング・パーティーでは着ないから、いいじゃない」

「それとこれは別だ！」

吉野にベッドに押し倒され、慌てて逃げようとするとドレスの裾《すそ》を押さえられてしまう。何重にもなったレースをめくられて、佐々木は赤くなることしかできなかった。

「俺ね、ちゃんとわかったよ」

「何が……」

「やっぱり俺が好きなのは千冬だって。男でも女でもなくて、佐々木千冬って相手を心から愛してる」

「今頃気づいたのかよ」

「千冬といると、毎日新しい発見があるんだ」

「…………馬鹿《ばか》」

本当にこの男は馬鹿だ。

突然結婚したいとか言いだすし、お披露目《ひろめ》のウエディング・パーティーなんてしたがるし、挙《あ》げ句《く》の果てはドレスまで着せようとする。

なのに、それでも自分はこの馬鹿《ばか》な男が好きなのだ。

恋に落ちた瞬間から人はどこまでも愚かになり、自分もその一員なのだと漠然《ばくぜん》と思う。

もっともそんな思考さえ、すぐに霧散《むさん》してしまう儚《はかな》いものだけれど。

「千冬の声、もっと聞かせて……」

彼の手がドレスの裾《すそ》をまくり上げ、ゆるやかに肌《はだ》に触れてくる。

「あ…っ……」

甘く囁《ささや》く吉野の声がどれほど切なく官能的に響くかなんて、この男は考えたこともないのだろう。それほどまでに自分は彼に囚《とら》われて、そしてもう抜け出せないほどの愛の深淵《しんえん》に足を踏み入れてしまっているのだから。


「プレゼント、届いたんだろう？　気に入ってくれたかい」

待ち合わせに遅れたことを詫《わ》び、スツールに腰掛けた吉野への挨拶《あいさつ》のあと、仁科が唐突に核心を衝《つ》いてきた。

「え……」

「ドレスだよ。サイズ、大丈夫だったか？」

「お気持ちは嬉《うれ》しいけど……着るわけ、ないでしょう」

まさかあのドレスを着て佐々木とセックスしてしまったのだとは言いがたく、吉野はわざと怒っている顔つきをしてみせる。

「じゃあ、倦怠期《けんたいき》にでも使ってくれ。そういう用途にもよさそうだろう?」

「……馬鹿《ばか》なこと、言わないでください」

倦怠期になる以前の問題で、それはとっくに汚されてしまっている。羞恥《しゅうち》に震える佐々木が可愛《かわい》くてつい無茶をしてしまったと言えば、仁科はそれをネタに吉野を一生からかうに違いない。

「だったら、パーティーはタキシードで?」

「いちおう、フォーマルのつもりです」

「なんだ、人の厚意を無にする気か?」

「あれは嫌《いや》がらせってレベルでしょう」

「それは残念だな。——まあ、兎《と》にも角《かく》にも感慨深《かんがいぶか》いのは変わらないか」

唐突にそう言われて、吉野は顔を上げた。

カウンターの中に納まったバーテンダーは、真剣な面持《おもも》ちでシェイカーを振っている。

「え、何が?」

「もうすぐ君たちが結婚式だなんてね。娘を嫁《よめ》に出す気分だ」

ウエディング・パーティーも結婚式も、儀式《ぎしき》としては似たようなものだ。

佐々木とも話し合ったうえで仁科に段取りを頼《たの》むと、二つ返事で了承してくれた。何かよからぬことを企《たくら》んでいるのではないかとも不安になったが、なんにせよ身近で結婚を賛成してくれる人間がいるというのは、きわめて心強い。

「仁科さんにとっての娘って、俺と千冬のどっちですか？」

複雑な心境でそう問い返すと、「両方だ」とあっさり答えが返ってくる。

「どちらも手のかかる小学生みたいな感じだったからな」

予期せぬ言葉に何を言えばいいのかと迷っていたところに、仁科がさらにだめ押しをしてきた。

「君たち二人の痴話喧嘩《ちわげんか》は、へたすれば地球規模の公害だよ。それが少しはマシになるのかと思うと、ありがたいね」

仁科はしゃあしゃあと言ってのける。

それを聞いてカウンターの中にいた高遠《たかとお》という名のバーテンダーは少し口元を綻《ほころ》ばせたが、明確な笑《え》みを作るわけではなかった。

なんにせよ、仁科が食えない男であることには間違いない。

「何もかも、仁科さんのおかげです。千冬もレピシエ再開を目指して頑張《がんば》ってるみたいですし」

「彼らの作ってる計画じゃ、当分及第点は出せないよ」

「そうだけど、だったらいつかは合格するってことでしょう」

言葉尻《ことばじり》を捉《とら》えてそう言うと、仁科はおかしそうに笑った。

「それから……会社の件は、本当に申し訳ないと思っています。だけど、やっぱり今のオフィスは畳《たた》めません」

「俺を選んではくれないというわけか」

「一生のうちに誰かを選ぶとしたら、選ぶ相手は千冬だけです。でも、責任を持ちたい相手の中には、一緒《いっしょ》に仕事をしている同僚《どうりょう》も入れたいんです」

「欲張ると、あとで痛い目を見るぞ」

「それもかまいません」

もう疾《と》うに覚悟なんてできている。

だけど失うことに怯《おび》えていたら、何一つ手に入らない。

それくらい、わかってしまっているから。

「やれやれ。恋に溺《おぼ》れる人間ほど厄介《やっかい》なものはないな」

「それでも祝福はしてくれるんでしょう」

「とりあえずはね」

仁科は軽く肩を竦《すく》め、手を伸ばして吉野の髪に触れた。

12

その日は、嬉《うれ》しくなるほどの快晴だった。

「……眩《まぶ》しい」

エントランスに飾った花をチェックするために扉を開けると、陽射《ひざ》しが空から降り注いでくる。

この秋晴れの日、吉野《よしの》と佐々木《ささき》のウエディング・パーティーは午後から執《と》り行《おこな》われることになっていた。

花屋に頼《たの》んで作ってもらったアレンジの花をドアや窓際《まどぎわ》に飾ると、それだけでパーティーの趣《おもむき》が出てくる。

佐々木はずっと厨房《ちゅうぼう》に籠《こ》もりっきりで、藤居《ふじい》をアシスタントに料理にいそしんでいた。招待客が来るまで、あと三十分くらいしかない。厨房からはいろいろな匂《にお》いがするのだが、どんな料理になるのだろう。

ケーキは藤居の力作だそうで、甘党の如月《きさらぎ》は朝からケーキのことばかりを気にしていた。

「そろそろ、チェック終わりですか？」

不意に如月に話しかけられて、吉野は「わっ」と声をあげた。

「ああ、うん。フロア、こんな感じでどうかな」

この日のために用意したテーブルクロスは、いつもの白い布の上に淡いピンクの布を重ねる形になっている。その上にやはりピンク系統でまとめた花を飾り立てていた。

一人一人の座席の前にはこれまた吉野の手作りのネームプレートが置かれ、成見智彰《なるみともあき》様、仁科宏彦《にしなひろひこ》様、などと順に並べられている。

すでにグラスとカトラリー、ナプキンはセットした。ほかに足りないものが何かあるだろうかと考えたが、思いつかないほどだ。

「じゃ、最終チェックです」

「ええと、このテーブルに仁科さん、成見くん、絵衣子《えいこ》さん。で、こっちには事務所の原《はら》田《だ》さんと中峰《なかみね》さん、滝川《たきがわ》さん、ですよね」

手にした配置図と照らし合わせながら、如月が尋《たず》ねてくる。

「それで、ここに二人が立って誓約とリングの交換をするんですね」

高めの小さなテーブルをセットした一角を指さし、如月が尋ねる。そこに誓約書を置いてサインをすることになっていたため、それは欠かせない演出だった。

そこかしこに花が飾られ、カーテンも明るいピンクのものに取り替えられている。

ここをテナントにしていた雑貨屋とはすでに二週間前に契約が切れており、内装を少し直してからパーティーという日取りになったが、タイミングとしてもちょうどよかった。

「晴れてくれて助かったよ」

「ホント。昨日までずっと雨とか曇りだったのに」

「日頃の行いがいいからね」

くすっと如月は意味ありげに笑ったけれど、それ以上何も言うことはなかった。

さすがに今日は多人数を呼ぶことはできず、結局絞《しぼ》りに絞ったメンバーが招待されることになった。

「それより、料理の準備はどう？」

「もうばっちりです。そろそろ皆が来るころでしょう？　吉野さんも千冬《ちふゆ》も、ちゃんと着替えてこないと」

「あ……うん、そうだね」

結婚する二人のカップルが給仕をするという前代未聞の式のため、セレモニーのたぐいは最初に終わらせてしまって、それから吉野がギャルソンとなって、料理を供することになっている。

本当は人前式《じんぜんしき》の部分はカットして、誓いの言葉だけでいいだろうと思っていたのだが、佐々木が指輪交換をしてくれると言うのだからそれに乗ることにした。あとは仁科が誓約書にサインをさせると言っていたが、それくらいのものだろう。

総勢で十人しかいない結婚式だったが、それはそれできっと面白《おもしろ》い。

佐々木は料理することに気持ちを切り替えたらしく、一度パーティーをすると決めてからは、文句を言うことはなかった。

彼の優しさが、吉野にはよくわかる。

「千冬にも着替えるように言ってください。さすがにシェフコートでお出迎えっていうのも、お客さんがどうかと思うし」

「わかった」

吉野は大股《おおまた》で厨房《ちゅうぼう》へと歩み寄り、カウンター越しに「千冬」と声をかけた。

「何？」

「そろそろ着替えないと。お客さんが着いちゃうよ」

せっかく、この日のために礼服を用意したのだ。佐々木はフロックコートで吉野はモーニングと、お互いに似合うものをオーダーしてあった。

着替えには四階の如月の部屋を使ってくれと言われており、下ごしらえを終えた佐々木は厨房を簡単に片づけてからこちらにやってきた。

「汗《あせ》、かいてるね。シャワー浴びられるかな」

「べつに、いいよ」

「ダメダメ。セレモニーが終わったらどんなに汗《あせ》まみれになったっていいけどね」

吉野のそんな言い分を聞いて、佐々木は困ったように頰《ほお》を染める。

結婚なんてものに、実感がわかないのだろう。もちろん、実感がわかないのは吉野も一緒《いっしょ》だ。今日までずっと一緒に暮らしてきて、それが結婚式という節目を迎えて何かが変わるのだろうかと、今さらそんな天《あま》の邪鬼《じゃく》なことすら考えてしまう。

だけど、きっと、佐々木とならいろいろなことを変えていけるはずだ。

「どうかしたのか」

佐々木に問われて、吉野は慌《あわ》てて傍《かたわ》らに立つ恋人を見下ろす。汗に濡《ぬ》れて前髪は額《ひたい》に張りついていたけれど、そうやって懸命に働く彼のことを好きだと、どんなときでも考えてしまう。

「『レピシエ』、再開できればいいなって」

「再開できれば、じゃなくて、再開するんだ」

いつになく力強く言われて、吉野は「そうだね」と頷《うなず》いた。

「仁科さんに早く計画書出さなくちゃね」

「ホントはもっと早く、やるつもりだった」

「ごめん。俺がウエディング・パーティーしたいってごねたから」

「――――」

佐々木は何も言わないけれど、彼が怒っているわけじゃないことくらい、吉野にだってよくわかる。

その証拠《しょうこ》に佐々木の手が伸びて、吉野の指を捉《とら》えて。

おずおずと、だけどまるで当たり前のことのようにその指を絡《から》ませてきたから。


「入ろうか」

「ん」

さすがに礼服姿の新郎二人が厨房《ちゅうぼう》からやってくるのは格好《かっこう》が悪いので、エントランスから入るようにと言われている。

路地を一本入ったところにあるビルの一階がレピシエだとはいえ、さすがに人通りもあるので、近隣の住人に今日はいったいなんの集まりがあるのかと訝《いぶか》しげに視線を向けられると、いくぶんばつが悪かった。

かちゃりとドアを開けた瞬間、耳に飛び込んできたのは脳天気なくらいに明るい結婚行進曲だった。

「…………」

思ってもみなかった演出に、佐々木は目を丸くする。

「おめでとう、二人とも！」

「ご結婚おめでとうございます！」

口々に招待客がはやし立て、とても十名足らずの小さなパーティーとは考えられないほどのにぎやかさだ。

今日は心の準備ができているのだからべつに照れることもないと思うのに、あっという間に耳が火照《ほて》ってきた。

列席者はたった八人だったが、それでも店に全員が集まれば自然と場が華《はな》やいでくる。着飾った緑《みどり》や、パンツスーツの絵衣子。それから、亮子《りょうこ》が明るい色合いのワンピースを着てフロアで談笑している。彼らに甲斐甲斐《かいがい》しく飲み物を勧めているのが、この日ギャルソンを手伝ってくれる如月だった。

もっとも如月も今日はスーツのため、上着を脱いでエプロンをするだけという、いたってシンプルな姿だったが。

そういえばスーツ姿の成見を見るのは初めてだ。

佐々木はそんならちもないことを考えながら、傍《かたわ》らにいる吉野を見上げた。

視線を感じて、彼がにこりと微笑《ほほえ》んでくれる。モーニングで正装をした吉野は惚《ほ》れ惚《ぼ》れとするような美男子ぶりで、見つめていることさえも恥《は》ずかしくなるほどだ。

「さて、じゃあ始めようか」

仁科はいつもと変わらぬ調子で、吉野と佐々木を手招きして呼び寄せた。

「お忙しい中、今日皆様にお集まりいただいたのは、吉野と佐々木くんの結婚式をするためだ。列席ありがとう」

その言葉につられて、原田たちが拍手するのが見える。

「今日はパーティーだし、何より堅苦しい挨拶《あいさつ》や何かはもういらないだろう？」

仁科の意見に、聴衆は大きく頷《うなず》く。しかし、そこでさっと如月が手を挙《あ》げた。

「えっと、祝電が来てるので読む時間をください」

祝電……？

佐々木が驚いたように顔を上げると、如月はこちらに笑顔を向けた。

「まずは、吉野さんのご家族からです。『幸せにならないと承知しないから、そのつもりで。たまには父さんのお墓参りに来ること』だそうです」

なんだか妙にしんみりとしてきてしまって、佐々木は泣きそうになるのを慌《あわ》てて堪《こら》えた。そんな佐々木の感情の変化に気づいているのか、傍《かたわ》らの吉野が肩に手を置いてくれる。

温かい。

そのぬくもりは、いつも佐々木が求め続けたものだった。

それが自分のものになるのだ。この先ずっと、吉野は自分一人のものだ。

それを幸福と呼ばずになんと名付ければいいのだろう……？

「次が、千冬の妹の琴美《ことみ》さんからです」

『ご結婚おめでとうございます。吉野さんを幸せにしないなら私がもらっちゃうし、千冬を幸せにできないなら、妹として吉野さんを許しません』

そんな言葉を聞かされれば、胸がぎゅっと痛くなる。

他人の祝福なんていらないと、心のどこかで思っていた。自分たち二人だけが幸せになれるのならそれでもいいと。

だけど疎《うと》まれるよりも祝福されたほうがいい。

次に瑞穂《みずほ》や山下《やました》という旧知のメンバーからの祝電が読まれ、これで祝福の言葉のコーナーは終わりを告げた。

そこで再び仁科が立ち上がり、口を開く。

「さて、今度は君たちにはちゃんと誓いを立ててもらおう。もう二人ともいい年なんだし、そろそろ俺たちを痴話喧嘩《ちわげんか》で悩ませないようにしてもらいたいからね」

仁科さん、いいこと言いますねえ、と原田が緑に耳打ちする声が届いたのか、傍《かたわ》らに立った吉野が苦笑を漏らすのがわかった。

「そういうわけだから、誓ってもらうよ」

こちらに向き直った仁科は、思いがけないほどに優しいまなざしで微笑《ほほえ》んだ。どきりとするほど。

「私は、どんなときも千冬を愛し続けて、幸せにすることを誓います」

吉野貴弘《たかひろ》、と彼が自分の名前を付け加える。

こうも大勢の人間の前で面と向かって告白されると、もう照れてしまうほかない。だけど、照れている場合ではなかった。

「佐々木くんは？」

「俺は、この人を……貴弘を、ずっと——ずっと、守りたい」

いろいろと考えてきたはずなのに、それしか言えなかった。

貴弘、と吉野の名前を呼ぶのは初めてだけれど、そのフレーズはほんの突発的な思いつきのように弾《はず》みで飛び出してきた。

だけど、それが佐々木の本音だった。どんな痛みからも苦しみからも吉野を守りたい。守ることができないのなら、せめてそれを分かち合いたい。そして時には彼のために泣くことも怒ることもしたい。

思いがけず、水を打ったようにフロア全体がしんと静まりかえった。

「——じゃあ、指輪の交換を」

仁科に促されて、如月がうやうやしい仕草でリングピローを差し出す。

マリッジリングを載《の》せるリングピローは、緑と絵衣子が分担して作ってくれたもので、白いサテンにレースとリボンがあしらわれた手の込んだものだった。

今さらのように、このセレモニーのために皆が協力してくれたのがわかって、どうしようもなく嬉《うれ》しくなる。

吉野が佐々木の分の指輪を手に取り、それを右手の薬指に嵌《は》める。

それに倣《なら》い、今度は佐々木が吉野の手にマリッジリングを。

ひんやりした指輪が薬指に嵌まっていく。

これでもう、この先ずっと、二人はお互いだけのものだ。

誓いのキスをどうぞ、と仁科が言った気がしたけれど、それはもう佐々木の耳には入っていなかった。

だって、吉野がこんなふうに自分を見つめている。

吸い込まれていきそうなくらいに深い色合いのセピアの瞳《ひとみ》。

綺麗《きれい》――。

自然と唇《くちびる》が重なったけれど、それを冷やかしたりする人間は誰もいない。

ただ、彼とのくちづけに溺《おぼ》れていたい。

このキスに。

そう、思った。

「本日のメインは、牛フィレ肉のポワレ、赤ワイン風味でございます」

絵衣子の前に皿を置くと、彼女はくすりと笑った。

「どうかした？」

「ううん、新郎自らギャルソンをやる結婚式なんて、聞いたことがなくて」

「だったら、新郎自ら料理を作る結婚式も初めてでしょう」

するとし、絵衣子の向かい側に座《すわ》っていた仁科が口を挟んでくる。

「でも本当は君も、佐々木くんの料理を存分に味わいたいんだろう？　残念だったな」

それはもちろん、当たり前だ。

昼にたっぷり食事を摂《と》ったとはいえ、こうも美味《おい》しそうな匂《にお》いがフロア全体に立ち込めているのだ。如月はちょうどいいタイミングで皆のグラスにワインを注《つ》ぎ足《た》しており、その働きぶりは付け焼き刃の吉野とはまったく違う。

「千冬、どう？」

「コーヒーにするか紅茶にするか聞いてくれるか」

ひょいと厨房《ちゅうぼう》を覗《のぞ》くと、佐々木と藤居がウエディング・ケーキを切り分ける用意をしているところだった。食事の前に入刀をすませたケーキは三段重ねで、まるでこんもりとしたお城のようだ。

藤居が特別に早起きして作ったという言葉どおりに、丁寧《ていねい》に彩《いろど》られたそれは素晴らしいできばえだ。それだけで、彼のパティシエとしての腕が確かなのがわかる。

「了解」

幸福だ、とわけもなく感じてしまう。

愛《いと》しい人が自分の居場所を見つけて、そこでこうして生き生きと立ち働いている。

それを見ることができれば、どんな苦しみも忘れてしまえるだろう。

皆からコーヒーと紅茶の注文を取り、ケーキを運ぶ。会場はすっかり和やかな雰囲気《ふんいき》になっており、ウエディングというよりもちょっと食事に来ただけにも見える。

だけど、それでいい。

周囲の友人たちは二人の結びつきを特殊なものとも特別なものとも考えず、ただありのままに受け止めてくれる。自分たち二人はとても恵まれているのだと、吉野はそう思った。

「さて、そろそろお開きの時間だな」

仁科はそう言って、フロアを見守っていた吉野をちょいちょいと手招きした。

「着替えてきてもらおうか」

「え……？」

このまま自分たちは片づけをする予定があるのだが。

「最後も正装で送り出してくれるのが礼儀《れいぎ》だろう？」

待たせてしまうほうが悪いと思ったのだが、仁科の言い分にも一理ある。不審《ふしん》そうな表情の佐々木を呼んで、手早く着替えを終える。

「疲れた？」

「大丈夫」

「料理、どれも美味《おい》しそうだったよ。いいなあ……」

「今度食わせてやる」

そんなくだらないことを話しながら、今度は厨房《ちゅうぼう》からレピシエへと戻る。

列席者はすでに帰り支度をし、並んで立っていた。

「吉野さん、千冬、本当におめでとう」

如月がそう言って、目元を指先でぬぐう。そして、「これ」と封筒を差し出した。

「これは……？」

「お祝いに、皆でホテルを取ったんだ。新婚旅行も行けないでしょ？　だから……」

「どうもありがとう」

吉野が封筒を受け取ると、藤居がうやうやしくドアを開ける。

つられたように招待客がレピシエの扉から出て、列をなした。

まさかこの向こうにオープンカーが待っているのだろうかと思ったがそんなことはなく、黒塗りのリムジンが停《と》まっているだけだった。

——リムジン⁉

ぎょっとした吉野を見て、外に立った仁科はおかしそうに笑う。

「さ、二人とも。せっかくの門出だろう」

「え……でも、片づけは」

「そんなのは俺たちの仕事だ。新郎たちにさせられるか」

戸惑《とまど》いつつも手を取り合って一歩踏み出すと、花びらが二人に降り注ぐ。

鮮やかに降りしきる花弁のシャワー。

それに包まれて歩ける日が来るなんて、今まで一度も思わなかった。

「ホテルのスイートルームなんて、初めてだよ、俺」

吉野に声をかけられ、物珍しげに部屋を眺《なが》め回《まわ》していた佐々木は視線を投げる。

「そうなのか？」

「うん。みんなに悪いこと、しちゃったね」

佐々木たちがリムジンで送り届けられた先は、都内にある超高級ホテルだった。

世間知らずの佐々木でさえも、その名前くらいは知っているという場所だ。

おまけに案内された部屋には薔薇《ばら》の花がふんだんにあしらわれており、ご丁寧《ていねい》によく冷えたシャンパンまで運ばれてきた。

広々としたロイヤルスイートに案内されてもやることなんてなくて、とりあえずシャンパンで乾杯《かんぱい》だけを済ませた。

きっとベルボーイは、仰々《ぎょうぎょう》しい礼装の二人を見ていったい何をしに来たんだろうと思うだろう。もっとも、よくよく注意して見れば、お互いの薬指に光るのはおそろいのマリッジリングだとわかるに違いない。

「とりあえず乾杯しない？」

何に、なんて可愛《かわい》げのないことを聞ける余裕さえなく、佐々木は頷《うなず》いた。

吉野が器用にシャンパンの栓《せん》を抜き、金色に光る液体をグラスに注ぐ。

「できたよ」

「うん」

「じゃ……乾杯」

かちりとグラスを合わせて、吉野はそれを口に運ぶ。その金色の液体が彼の喉《のど》に吸い込まれていくのを、佐々木はぼんやりと見守っていた。

「どうしたの？」

「いや……」

結婚したという実感が湧《わ》かない。昨日までの自分と違うのは、この右手の薬指に嵌《は》められたプラチナの指輪だけなのに。

この人を独《ひと》り占《じ》めできるのだ。世界でたった一人、佐々木だけにその権利がある。

吉野が空《から》になったグラスをテーブルに置き、シャンパンを注《つ》ぎ足《た》そうとする。佐々木は手を伸ばして吉野の首に腕を回し、それを阻《はば》んだ。

「千冬……？」

指が彼のやわらかな髪に触れたので、わざとそれを掻《か》き混《ま》ぜるようにしてぐしゃぐしゃにする。キスをしていても、吉野がおかしそうに笑うのが、わかって。

改めて抱き締められると、心臓が壊れそう。

でも、壊れてもいい。今なら壊れてしまう。何もかも。

「ん、んっ……」

教わったとおりの方法で吉野の口腔《こうこう》に舌《した》を滑り込ませ、彼の内側に潜む官能を引きずり出そうとする。

それに応《こた》えてますますキスが深くなり、吐息も唾液《だえき》も、どちらがお互いのものかわからないほどに混ざり合う。

「お風呂《ふろ》、入らなくていい？」

キスの合間に尋《たず》ねられて、佐々木は「いい」と返す。

永遠が欲しかったのはきっと、自分も同じだ。

吉野の手がタイを緩《ゆる》め、佐々木のシャツのボタンを一つ一つ外していく。気持ちを逸《そ》らせまいとするように、空《あ》いた指が時々肌《はだ》を辿《たど》り、佐々木の身体《からだ》を汗《あせ》で湿らせていく。

「……待っ……」

それでも往生際《おうじょうぎわ》の悪い台詞《せりふ》を口にしようとした佐々木の顎《あご》を軽く摑《つか》み、吉野は「待てるわけないよ」と意地悪く囁《ささや》いてきた。

「おいで」

腕を引かれておぼつかない足取りでベッドを目指せば、そのまま後ろ向きに押し倒されそうになり、咄嗟《とっさ》に吉野の首に取りすがってしまう。

「ごめん、驚いた？」

「当たり前だろ……」

「ふかふかだね、ベッド」

新婚初夜にはぴったりかも、と直截《ちょくせつ》な表現で言われて佐々木は赤面する。

こうやって彼に触れられるのは、初めてなんてものではないのに。

ベッドの上で跪《ひざまず》き、自分を見下ろした吉野がうやうやしい手つきで佐々木の頰《ほお》を撫《な》でる。

「こうして君に触れるのに、すごく神聖な気持ちがする」

「あんなに何度も触ったくせに」

「でもキスをするときは、いつも新鮮なんだよ」

くす、と自分を見下ろした吉野の唇《くちびる》が笑《え》みを象《かたど》る。

「千冬は――俺のキスだけで、感じちゃった……？」

すでに熱を帯びた部位を包み込むようにして撫《な》でられ、佐々木の唇からは乱れかけた吐息すら漏れてしまう。

「ねえ？」

彼がそれ以上のことをするつもりがないと悟り、佐々木は唇を噛《か》む。それから、逆に吉野の肩を摑《つか》んだ。

「わっ」

逆にベッドに押し倒される形になり、吉野は驚きの声をあげる。

「あんたこそ、色気のない」

「だって千冬が突然、こんなことするから……びっくりした」

組み敷いた角度から眺《なが》める吉野の顔はいつもと違って、微妙な陰影の加減さえも目新しく見える。この美しい人に美味《おい》しいものを食べさせ、その美貌《びぼう》を守り、生活に必要な力を与えるのは佐々木の役割だ。

佐々木にだけ、できることなのだ。その地位を他人に渡すことができるだろうか。

「好きだ」

「うん、俺もだよ、千冬」

「愛してる」

「ありがとう」

てらいなく愛の言葉を告白する佐々木を、吉野はいとおしい者を見つめるような、それこそとろけそうなまなざしで見つめ返す。

いつしか誘われるように身を屈《かが》めてくちづければ、その隙《すき》を縫うように吉野の指が佐々木の衣服に触れてきた。

先ほど緩《ゆる》めたタイを抜き、シャツを剝《は》ぎ取《と》ってくる。佐々木もキスを交わしながら、吉野のそれを探ってボタンを外した。

ベルトを外され、スラックスと下着をまとめて引き下ろされる。

「ん、……あっ……」

キスだけでたやすく感じてしまっていた身体《からだ》をさらに煽《あお》るように、吉野は佐々木の性器を摑《つか》んで直接的な愛撫《あいぶ》を加えてくる。

「…わる、い…」

吉野のうえに覆《おお》い被《かぶ》さるのも重いだろうと身を起こし、佐々木は吉野の腰に跨《またが》ったままふうっと息をついた。

「大丈夫だよ。千冬は羽みたいに軽い」

「そん、…な……わけない、だろ……っ」

もうとっくに息は弾《はず》み、額《ひたい》には汗《あせ》が滲《にじ》んでいる。折った膝《ひざ》の裏がじんわりと湿っているのがわかり、気持ちが悪い。

「それにその格好《かっこう》、すごくそそるから」

吉野の腰に跨《またが》り、佐々木はわけもわからずに首を振った。そのあいだも彼の手指は卑猥《ひわい》な動きを繰り返し、溢《あふ》れだした先走りを塗り広げるように動かす。

「あ……あっ……ん」

吉野の愛撫《あいぶ》に応《こた》え、佐々木の唇《くちびる》から艶《つや》やかな声が漏れ落ちてしまう。

身を起こした吉野は、そっと佐々木の首筋を舌《した》で辿《たど》った。

唇で触れる場所はたとえば、鎖骨《さこつ》。その窪《くぼ》み。胸の突起も。

空《あ》いた指で慎《つつ》ましやかな窄《すぼ》まりのあたりを探られて、自分の声もいっそう艶めいたものになる。

「ん、っく……」

「久しぶりだけど、大丈夫かな?」

「……今、さら……」

佐々木が辛《つら》いと言ったところで、今さらやめることなんてできないくせに。

「そうだね。ゆっくり、君をとろとろにしてあげる」

前触れもなしに指が入り込み、佐々木は吉野のシャツをぎゅうっと摑《つか》む。

「…あ……あ、っ……やめ…ッ…」

「やめない」

意地悪な指先が内側に入り込み、敏感《びんかん》な部分を軽く引《ひ》っ掻《か》いてくる。慣れたことのはずなのに、苦しくて涙が滲《にじ》んだ。吉野の背中にしがみつき、ただ断続的に身体《からだ》を震わせることしかできない。

焦《じ》らすようにそこを何度も撫《な》でられれば、本気で吉野を恨みたくなる。

「も、いい、から……っ」

正気だったら絶対に言えない言葉で恥《は》ずかしげもなく強請《ねだ》っても、彼は意地悪なままだった。

「ダメだよ。君が明日立てなくなったら困る」

そんなことを言いながらも、より深々と指を突き立ててくる吉野が憎らしい。

「…うそ、ばっか…」

「君が困らなくても、俺が見ていて、辛いんだ」

「あっ」

二本目の指が入り込んできて、佐々木は思わず声をあげていた。

「……く……ふぅ……ッ……」

自然と腰が揺れて、下肢《かし》を吉野の下腹部に擦《こす》りつけるように動いてしまう。愛撫《あいぶ》を強請《ねだ》る仕草を見抜き、吉野は嬉《うれ》しそうに笑った。

「可愛《かわい》い、千冬」

「馬鹿《ばか》っ」

苦《くる》し紛《まぎ》れに吉野の肩に爪《つめ》を立てると、「痛いよ」と彼が囁《ささや》いた。

「せっかくの初夜だから、じっくり楽しみたかったのに」

「な、にが……初めて、だよ……！」

「だって、結婚してからするのは初めてでしょう」

どう考えても当たり前のことを耳打ちした吉野の唇《くちびる》が耳朶《じだ》を捉《とら》えて、次いで軽く甘噛《あまが》みしてくる。

「でも、千冬が俺のこと欲しがってくれるなら、遠慮《えんりょ》しないよ」

指が引き抜かれる感触にびくりと身体《からだ》が震えて、顎《あご》が上がってしまう。そのまま腰を浮かせるように促されて、佐々木は吉野に跨《また》がったまま膝立《ひざだ》ちになった。

その隙《すき》に吉野は衣服を脱ぎ捨て、シャツとまとめて床に投げた。

薄く筋肉が張りつめた彼の裸体《らたい》が露《あらわ》になり、佐々木は思わずその肩に顔を寄せた。

しかし、指の代わりにもっと質感のあるものがあてがわれて、佐々木は一瞬《いっしゅん》息を呑《の》む。

それが自分の中に入り込むときの痛みと充足を知っている。だけど、まだ知り尽くすほどではない。

「力抜いて」

己の身の内にあるやわらかく熱い部分は尽きることがなく、吉野を求めてしまう。

いつだって自分を導く声に促されて息を吐けば、それと同時に吉野が入り込んでくる。

「あ……っ」

「きつい……」

「——ん……くっ……あ、あぁ……っ」

「俺の、全部……呑み込んで。離れる方法がわからなくなるくらい」

切ないくらいに掠《かす》れた声で囁《ささや》かれて、吐息だけで形作られた音の羅列《られつ》に誘われるように、佐々木はおずおずと吉野のそれを体内に導く。

そろそろと腰を下ろしていくと、確かな容積を持ったものが、深々と入り込んできた。

「ふ……う…っ」

それでも吉野の上に腰を下ろして息をつくと、彼が感心したように呟《つぶや》いた。

「すごいね。ちゃんと入ったよ」

「入れろ…って、言ったの、そっち……だろ…っ…」

「じゃあ、動いてって言ったら、動いてくれる？」

「な……っ」

「嘘《うそ》だよ。ちゃんと気持ちよくしてあげる。俺だけの千冬に、俺しかできないやり方で……」

吉野が佐々木の腰を両手で掴《つか》み、軽く上下に揺する。その手は促すように添えられているだけなのに、気づくと自分は吉野の望みどおりに腰を揺らめかしていた。

内側をなんの規則性もなく突き上げられればただ息は乱れるだけで、その快楽の波に攫《さら》われていきそうだ。

「気持ちいい……？」

「ん、ん…、っ……あー…っ……」

涙が零《こぼ》れてきて、だけど吉野とは絶対に離れたくなくて。

心ごと、身体《からだ》ごと、そのどちらでも誰かと触れ合うのは、怖《こわ》くて。痛くて。だけど愛《いと》しい。こんなに嬉《うれ》しい。

この人が好き。もう一生離したくない。どこにも行かない。離れない。

愛だけを手に入れようとすれば、佐々木の夢のために、吉野は身を引くかもしれない。だから、欲張りと言われようと贅沢《ぜいたく》と誹《そし》られようと、どちらも手に入れよう。

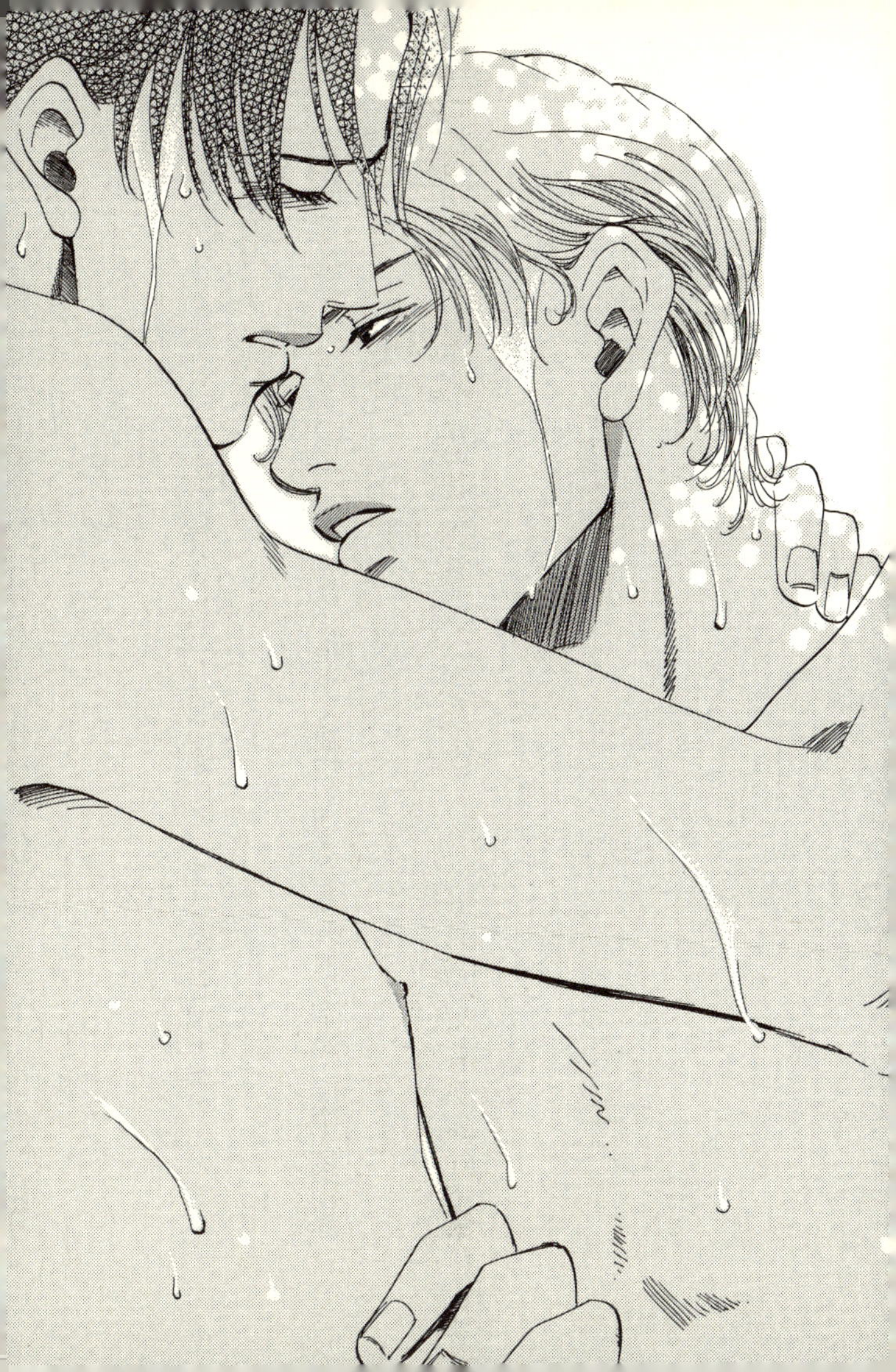

佐々木は必死で彼の背中にしがみついた。

「よし、の……さ……」

敏感《びんかん》な部分を突き上げられた刹那《せつな》、熱いものが弾《はじ》けて、互いの下腹部と胸のあたりまでべっとりと汚してしまう。

「千冬」

耳許《みみもと》で自分の名を呼ぶ彼の声が淫《みだ》らに揺れ、体内に注ぎ込まれたものの存在を感じた。

エピローグ

「あ……」

コーヒーを飲みながら雑誌のページをめくれば、そこにはこの春に南青山《みなみあおやま》にできた新しいビストロの記事が載《の》っている。『昼も夜も食事は〝シェフにお任せ〟というコースのみ。お客さんがいる限りは絶対に閉まることがない、あなただけの店』その気になれば朝まで飲んでいてもかまわないという。

それにデータを付け加えるならば、半年も先なのに、すでにクリスマスとイヴの予約は満席。空《あ》いているのは二十六日だけだ、と吉野《よしの》は内心で唱える。

「まだのろのろしてんのか？　遅れるだろ」

「うん、そろそろ出ようと思って」

佐々木《ささき》に促されてドアを開けると、街路樹の新緑が目に飛び込んでくる。緑は日に日に濃くなり、空気もそれに合わせて濃密になるようだ。

「馬鹿《ばか》、弁当忘れてる」

相も変わらず口の悪い恋人が吉野を追いかけてきて、玄関先で紙袋を差し出した。

「あ、ごめん。せっかく作ってくれたのに」

「あんたが弁当忘れるくらい、仕事が忙しいのか？」

食いしん坊のくせに。

言外にそう匂《にお》わされて、吉野は苦笑する。

第五如月《きさらぎ》ビルに引っ越してきてから、はや三週間。

少ないとは言えなかった荷物もようやく片づき、この部屋にも生活感が滲《にじ》むようになってきた。

「千冬《ちふゆ》こそ、ランチタイムはサンドイッチを売り出すくらいなんだし、俺の分もお店でまとめて作っちゃえば？　そうしたら俺も買いに来るのに」

「……あんた、ホント……」

デリカシーないな、と佐々木は呟《つぶや》く。

彼がそんな言葉を覚えたのも、最近のことだろう。

「なんで？」

ちょっと身を屈《かが》めて彼の瞳《ひとみ》を覗《のぞ》き込《こ》むと、佐々木は困ったように目を伏せた。

「——嘘《うそ》。知ってるよ」

恋人のためのランチくらい、お客様に出すものとは違う、特別のものにしたい。

そう願う佐々木の気持ちは、痛いほどによくわかる。

「からかってんのか？」

むっとした顔つきで睨《にら》まれても、怖《こわ》いというよりは可愛《かわい》いだけだ。自分にとっての佐々木は、どんな顔をしていようと、愛《いと》しい恋人であることには変わりがないのだから。

「冗談《じょうだん》だってば。ねえ、せっかくだから一緒《いっしょ》に出勤しようよ」

「出勤っていったって、エレベーターで降りるだけだろ。それに朝は、睦《むつみ》と一緒だし」

「睦ちゃんって、それこそ出勤以前の問題じゃないか」

何しろ佐々木が勤務する『レピシエ』はこのビルの一階にあり、吉野と佐々木のスイート・ホームのちょうど真下なのだ。

「あんたとそんなことする意味なんて、ないだろ」

「千冬のほうこそ、デリカシーないよね？」

吉野はくすりと笑って、佐々木の肩を軽く壁に押しつけた。

「俺は一分でも一秒でも長く、愛する千冬のそばにいたいんだ」

その漆黒《しっこく》の瞳《ひとみ》を見つめて囁《ささや》けば、佐々木が魅入《みい》られたように動けなくなるのを知っている。

「……馬鹿《ばか》」

互いの唇《くちびる》が触れ合い、佐々木が目を閉じる。

舌《した》を滑り込ませる刹那《せつな》、彼の身体《からだ》がわずかに震えた。

キスする瞬間はいつも、このまま時が止まってしまえばいいのに、と思う。

互いの指に光る銀色のリングに、永遠を誓ったけれど。

永遠でもまだ短い。それだけじゃ足りなくて、時に不安になってしまう。

だから相手のすべてを二人だけのものにするために、こうして抱き締めて、キスをすることで、互いの思いの丈《たけ》を伝えようとする。

止《とど》まることなく過ぎゆく時を惜しむように、こうして唇を交わすだけで。

永遠よりも長く続く不変の愛がそこにあると、いつでも確かめられるから。

あとがき

こんにちは、和泉《いずみ》です。

新緑が綺麗《きれい》な季節になりましたが、皆様はいかがお過ごしでしょうか？

ずいぶん間が空《あ》いてしまいましたけれど、〝キス〟シリーズのラストを飾る11巻を無事にお届けできて、ほっと一安心しております。

当初の予定と違ってしまって、『恋愛クロニクル』の続きをお待ちいただいていた方には申し訳ありません。

さて、この巻はとうとうシリーズの最終回。

泣いても笑ってもこれでフィナーレというわけで、6年にわたって書き続けてきた吉野《よしの》と佐々木《ささき》の二人ともお別れになると思うと、名残惜《なごりお》しさからなのか、なかなか筆も進まず、いつにも増して苦労してしまいました。

番外編を含めて合計15冊にもなってしまったシリーズですが、こうして無事にゴールに辿《たど》り着《つ》けたのは、やはり読者の皆様と周囲の方々のご協力があってのことだと思います。長いあいだ、ご愛読ありがとうございました。

今回はラストということなので、とにかく、今までやろうと思って我慢していたことを全部やってみました（笑）。どの辺が念願だったかは、読んでいただければおわかりになるかな……と。しかも、気づけばコスプレもののようになってしまって、読み返しながら最後の最後にこれか、と笑ってしまいました。

中でも特にこだわったのはウエディング・ドレスです（笑）。こだわりすぎて、朔生《さくふ》さんには呆《あき》れられてしまったかもしれませんが……。本文中ではありませんが、素敵《すてき》なイラストを描《か》いていただけて嬉《うれ》しかったです。吉野の背中にこだわってみました（笑）。

念願の永遠の約束を手に入れた吉野と佐々木については、この先、甘い甘い生活が続くことでしょう。時には仁科《にしな》に邪魔《じゃま》をされるかもしれませんが、それもいいスパイスとなることと思います。

ときには頭を悩まされたりしながらつきあってきたキャラクターたちだけに離れてしまうのは淋《さび》しいですが、もうこれで吉野や佐々木を辛《つら》い目に遭《あ》わせないですむんだな、と思うと安堵《あんど》するのも事実です。いつの間にか、親心みたいな気持ちで彼らを見守っていたのかもしれません。私としても納得のいく地点にゴールでき、肩の荷を下ろした気分です。

このシリーズでは存分に好きなことを書かせていただいただけでなく、温かく見守ってくださる読者様と担当《たんとう》さんに恵まれ、素敵《すてき》なイラストもつけていただいて――と、とにかくいいことずくめで、本当に運がよかったのだと思います。もちろん辛《つら》いことや大変なこともありましたが、過ぎてみるといいことばかりで、思い残すこともありません。

本当に本当に、どうもありがとうございました。

それにしても、ラストということでたくさんあとがきのページ数をいただいてしまったのですが、なかなか埋まらないです。『キスが届かない』であとがきを書くのが苦手だと書きましたが、どうやらいつまで経《た》っても変えることができないようです。

さて、和泉の今後の予定などは、よろしかったらオフィシャルサイトをご確認ください。

他社さんになりますが、ノベルスや雑誌の予定などもありますので、チェックしていただけると嬉《うれ》しいです。

また、商業誌・同人誌情報のほかにショートストーリーなど、携帯《けいたい》電話から見ることもできるコンテンツもあります（入り口は携帯電話もパソコンも同じです）。

http://home. att. ne. jp/gold/kat/

さて、それではここで恒例のお礼のコーナーです。

うるさい注文にも笑って応じてくださり、毎回華麗《かれい》なイラストを描《か》いてくださった、あじみね朔生様。それぞれのキャラクターに命を吹き込んでいただけて、本当に嬉《うれ》しかったです。朔生さんには一緒《いっしょ》にストーリーを作り上げる喜びを教えていただき、作家冥利《みょうり》に尽きます。心から御礼申し上げます。お互いの趣味の違いは依然として埋めがたいことがはっきりしてきましたが（笑）、今後ともどうかよろしくお願いいたします。

そして、これまで面倒を見てくださった歴代の担当様《たんとう》と、どんどん書くのが遅くなってしまった私を叱咤激励《しったげきれい》してくださった、現担当の佐々木様。いろいろとありがとうございました。これ以上ご迷惑《めいわく》をかけないよう、なんとか生まれ変わりたいものです。

長いシリーズだというのに、私も気づかないようなところまでチェックをしてくださった校閲部の皆様や、印刷所の皆様にもお世話になりました。

それから、くじけたりへこんだりするたびに励《はげ》ましてくれたお友達と家族の皆にも、改めて感謝の言葉を。自分が好きなことをやっていけるのも、皆の理解と協力があってこそだと思います。これからもよろしくお願いします。

そして何よりも、このシリーズを最後まで見守ってくださった、読者の皆様。本当にどうもありがとうございました。今後ともお付き合いいただけると嬉しいです。

さて、次回は夏、ホテルを舞台にした新作でお目見えいたします。
こちらも癖のあるキャラクター揃《ぞろ》いですが、楽しみながら書いた作品ですので、どうかご期待ください。

二〇〇二年　春

和泉《いずみ》　桂《かつら》

ありがとうございました & お疲れサマ!!

こんにちは。あじみねと申します。
長い間お付き合い頂きまして、ありがとう
ございました♥ 桂さんもステキなお話を
毎度くありがとうございました！
とてもお疲れサマでした！。振り返ってみると
私の脳裏によぎるのは、いつも吉野に泣かされ
てるちーちゃんですかねー。あとハズカシイ
セリフ列伝－。(笑) 惚れたのが運のツキって
感じですが、お陰さまでちーちゃんもうんと
成長できましたよね♥ ま、終わり良ければ
全て(?・)良しってところで、吉野にも感謝
状を捧げたい気持ちが芽生えて参りました。
最初は吉野にちーちゃんを任せるのがとても
不安でしたが、読み終えた後は、本当に
うらやましい限りのラブラブっぷりに、ホンワ～と
した幸せな気分に浸れましたです♥
思えば私にとって、初めて挿し絵を描かせて
頂いたのがこのシリーズな訳で…。色々と
ご迷惑ばかりかけた記憶が多々あるよう
な気が致します(反省) 担当の佐々木さんも
本当、色々とお世話になりまして、ありがとう
ございました♥ ツボ処が似通っていたので
お話が合って嬉しかったです♥ 逆に、桂さん
とはツボ処が外れる事の方が多かったんです
が、色々とリクエストに応えて頂いたりして
ホント、一読者としてオイシイ位置(置)に
ありつけたなあと思うばかりであります(笑)
読者の方からも、時々お手紙など頂けて、
本当にありがとうございました♥ 桂さんのように
マメな性格でないので、お返事とか出来ない
事の方が多かったですが、とっても参考になったり
はげみになりましたです♥ 見返すと、顔から
火の出るようなものばかり描いて参りましたが、
毒を喰らわば皿までな心境で、最後のページ
も見逃して頂けると幸いです。(や、半分は
桂さんのリクエストも入ってるんですよ…：)
とりあえず、このカップルともお別れですが
またいつかどこかで、周囲に迷惑のかからない
程度のラブ②っぷりを拝見できればいいなあと
思います♥ 本当に皆サマ、お疲れサマ&
ありがとうございました!!

2002/04/吉日　あじみね朔生

和泉　桂先生の『永遠より長いキス』、いかがでしたか？
和泉　桂先生、イラストのあじみね朔生先生への、みなさんのお便りをお待ちしております。
和泉　桂先生へのファンレターのあて先
〒112-8001　東京都文京区音羽2-12-21　講談社　X文庫「和泉　桂先生」係
あじみね朔生先生へのファンレターのあて先
〒112-8001　東京都文京区音羽2-12-21　講談社　X文庫「あじみね朔生先生」係

N.D.C.913　302p　15cm

和泉 桂（いずみ・かつら）

講談社X文庫

12月24日生まれのやぎ座、A型。横浜在住。ミステリと日本酒をこよなく愛し、常にパソコンと生活を共にしているが、最近はプレイステーションに浮気中。増えていくソフトと攻略本に頭を痛めているところ。
尊敬する人は西園寺公望。作家は浅田次郎、京極夏彦、高村薫、森博嗣。
作品に『微熱のカタチ』『吐息のジレンマ』『束縛のルール』『欲張りなブレス』『恋愛クロニクル』、〝キス〟シリーズがある。

white heart

永遠《えいえん》より長《なが》いキス

和泉《いずみ》 桂《かつら》

●

2002年5月5日　第1刷発行

定価はカバーに表示してあります。

発行者——野間佐和子
発行所——株式会社 講談社
　　東京都文京区音羽2-12-21 〒112-8001
　　電話 編集部 03-5395-3507
　　　　 販売部 03-5395-5817
　　　　 業務部 03-5395-3615
本文印刷—豊国印刷株式会社
製本———有限会社中澤製本所
カバー印刷—半七写真印刷工業株式会社
デザイン—山口 馨

落丁本・乱丁本は、小社書籍業務部あてにお送りください。送料小社負担にてお取り替えします。なお、この本についてのお問い合わせは文庫出版局X文庫出版部あてにお願いいたします。

ISBN4-06-255612-X　（X庫）

ホワイトハート最新刊

永遠より長いキス

和泉　桂　●イラスト／あじみね朔生

〝キス〟シリーズ感動の最終巻!!

囚われの一角獣《ユニコーン》　英国妖異譚3

篠原美季　●イラスト／かわい千草

処女の呪いが残る城。ユウリの前に現れたのは!?

月下の迷宮　私設諜報ゼミナール

星野ケイ　●イラスト／大峰ショウコ

飛鷹《ひだか》の命を狙う宿敵が！　ついに絶体絶命か!?

霧のアルビオン　ゲノムの迷宮

宮乃崎桜子　●イラスト／乗りょう

女装の倭が誘拐される!!　捜査する武も!?

ホワイトハート・来月の予定(6月5日発売)

プレシャス・ハプニング…有馬さつき
新・蘭の契り……………………岡野麻里安
恋に至るまでの第一歩……仙道はるか
浮《うき》世《よ》奇《あやし》絵《え》草《ぞう》子《し》……………………水野武流

※予定の作家、書名は変更になる場合があります。